KB192534

왜 역사 제대로 모르면 안 되나요? - 조선(하)

왜 역사 제대로 모르면 안 되나요? - 조선(하)

1판 2쇄 펴냄 2017년 9월 1일

지은이 채화영
그린이 조삼
펴낸이 하진석
펴낸곳 참돌어린이

주소 서울시 마포구 독막로3길 51
전화 02-518-3919
팩스 0505-318-3919
이메일 book@charmdol.com
신고번호 제313-2011-157호
신고일자 2011년 5월 30일

ISBN 978-89-97592-75-3 64800

왜 역사 제대로 모르면 안 되나요?

조선(하)

채화영 지음 · 조삼 그림
김봉수 · 배성호(전국초등사회교과모임 공동 대표) 감수

참돌어린이

  2015학년도부터 적용되는 초등학교 교육 과정의 초등 역사과에서 조선 시대는 '유교 문화가 발달한 조선'이라는 이름의 한 단원과 '조선 사회의 새로운 움직임'이라는 이름의 한 단원으로 구성되어 있어요. 시간 순서로 보면 조선 전기와 후기로 나누어 살피고 있어요.

  이 책《왜 역사 제대로 모르면 안 되나요? - 조선(상), (중), (하)》는 초등학생이 꼭 알아야 할 조선 시대의 역사를 다루면서 새롭게 접근하고 있어요.
  첫 번째, 구성이 새로워요. 조선 시대를 전기, 중기, 후기로 구분하여 초등학생들이 주로 놓치는 중기 부분의 역사 이야기를 강화했어요. 우선 조선 전기는 조선의 건국과 발전 과정을 인물 이야기를 중심으로 이해하고, 이 시기에 유교적 질서가 정착되었음을 파악할 수 있도록 구성했어요. 그리고 새롭게 구성한 조선 중기는 조선 전기와 후기를 연결하는 중요한 인물과 사건 등을 다룸으로써 역사적 인과 관계를 잘 밝혀 주고 있지요. 마지막으로 조선 후기는 전란의 어려움을 극복하고 국토를 지키려고 한 노력을 이해하고, 새로운 문화와 학문이 조선 사회에 미친 영향을 잘 보여 주고 있어요. 또한 서민 문화의 모습과 농민 봉기 지도자의 이야기를 통해 농민의 성장이 이루어졌음을 이해할 수 있답니다.

두 번째, 각 권마다 시간의 흐름을 따라서 인물, 사건, 문화유산, 제도와 정책을 소개하면서 역사 이야기를 전개해 이 다음에는 어떻게 될까라는 흥미와 관심을 불러일으켜요. 다채로운 주제를 재미있는 역사 이야기로 풀어내고 있지요.

세 번째, 각 주제별로 2쪽씩 구성되어 있어 가볍고 짧게 읽을 수 있어요. 전체를 다 읽고 나면 퍼즐 조각을 맞추어 그림을 완성하듯 각 시대의 이야기를 나름대로 재구성할 수 있게 되지요. 이를 통해 전체적인 역사의 흐름을 파악하면서 세세한 사건도 이해할 수 있답니다.

우리 어린이들이 꼭 알아야 할 조선 시대 500년의 역사 이야기를 다루고 있는 이 책을 통해 신 나고 재미있는 역사 공부를 시작해 보세요!

김봉수, 배성호

감수글 • 4

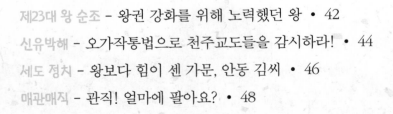

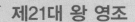

제21대 왕 영조

출생의 아픔을
극복한 위대한 왕

조선 제21대 왕 영조는 출생의 아픔을 간직하고 있었어요. 어머니 숙빈 최씨가 궁궐에서 허드렛일을 맡아 하는 천인 무수리 출신이었거든요. 출생에 대한 열등감은 영조를 내내 괴롭혔답니다.

그럼에도 영조는 조선의 왕들 가운데 가장 오래 왕위를 지켰어요. 1724년부터 1776년까지 52년간 왕위에 있었지요. 손자 정조와 함께 18세기 조선을 중흥기로 이끈 왕으로 평가받고 있는 이유는 그의 위대한 업적 때문이랍니다.

18세기 초는 붕당의 대립이 극에 다다른 때였어요. 붕당이란 정치가들이 서로 편을 갈라 이루는 무리를 뜻해요. 숙종 때는 서인과 남인이 있었는데, 그중 서인이 남인을 제치고 권력을 독점했어요. 하지만 서인이 또다시 노론과 소론으로 갈리면서 이들은 다음 왕위를 두고 대립했지요. 이 때문에 영조가 탕평책을 시행한 거예요. 탕평책이란 인재를 고르게 등용해 정국을 안정시키기 위한 정책이었어요. 영조는 이를 통해 과열된 붕당의 대립을 완화하고자 했지요.

또한 영조는 균역법을 시행해 백성의 세금 부담을 줄여 주었어요. 신문고를 설치해 억울한 일을 당한 백성의 마음을 풀어 주기도 했고요. 농업 서적인 《농가집성》을 보급해 농업의 발전에 힘썼고, 술을 금하는 금주령을 내리고 사치를 금지하는 등 절제 정신을 강조하기도 했어요.

이러한 업적들이 있어서 영조가 지금까지도 조선 후기의 위대한 왕으로 불려지고 있는 거랍니다.

어머니…

탕탕평평한 정책을 시행하라!

"붕당의 폐해가 요즈음보다 심한 적이 없었다. 나랏일 할 사람을 뽑을 때 한 당에 있는 사람만으로 이루어지니, 이러한 상태가 그치지 않는다면 조정에 벼슬할 사람이 몇 명이나 되겠느냐!"

붕당으로 인해 골머리를 앓던 영조는 모든 당이 싸우지 않고 사이좋게 정치에 참여할 수 있는 방법을 고민했어요. 그래서 나온 정책이 바로 '탕평책'이랍니다.

탕평책은 여러 당에서 골고루 인재를 뽑겠다는 영조의 신념을 반영하는 정책이에요. 사실 탕평책은 숙종이 먼저 실시했답니다. 하지만 숙종이 한 당에게 정치를 맡기면서 탕평책은 제대로 시행되지 못했지요.

영조는 왕이 되기 전부터 붕당의 대립 속에 있었어요. 왕이 된 후에도 자유롭지 못했지요. 이 때문에 영조는 더더욱 탕평책을 시행하기 위해 노력했어요.

'탕평'은 중국 서경에서 유래된 말로 치우치거나 무리 지음이 없으면 왕도가 편하다는 의미예요. 한 당에 치우치지 않고 공평하게 인재를 뽑겠다는 영조의 마음이 반영된 말이에요.

하루는 영조가 신하들과 탕평책을 논의하고 있었어요. 그때 청포묵에 여러 가지 채소가 곁들여진 음식이 올라왔어요. 영조는 그 음식을 매우 흥미롭게 바라보며 말했어요.

"여러 가지 재료가 조화롭게 섞인 음식처럼 정치 역시 서로 조화를 이루어야 한다."

이 음식의 이름은 탕평채였답니다.

영조는 노론과 소론의 수장을 불러 화해할 것을 권유했어요. 탕평책을 받아들이지 않는 신하들은 과감히 쫓아내고, 탕평책을 따르는 자들만 정치에 등용했어요. 관직도 노론과 소론을 섞어서 임명했어요. 영의정이 소론이면 좌의정은 무조건 노론 중에서 뽑았지요. 또한 영조는 확고한 의지를 보이기 위해 성균관에 탕평비를 세웠어요.

물론 탕평책을 시행한 후에 붕당의 대립이 완전히 사라진 것은 아니에요. 하지만 탕평책을 바탕으로 왕권을 더욱 강화하고 여러 가지 정책을 시행할 수 있었답니다.

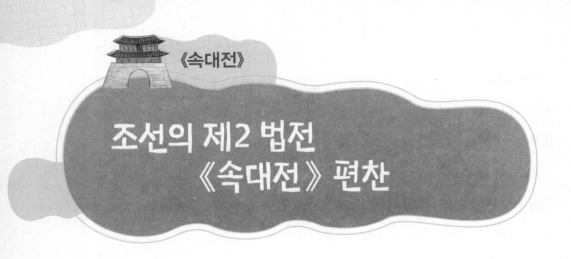

조선의 제2 법전
《속대전》편찬

조선 시대에도 지금처럼 법이 있었을까요?

조선은 법률에 의해 다스려지는 나라였어요. 사회 질서를 유지하고 다스리기 위해 법은 반드시 필요했지요. 때문에 법전도 있었답니다. 다만 현대의 법과 다른 점이 있다면 법의 기본이 왕의 명령에 의해 이루어졌다는 거예요.

조선 초기에 정도전은 《조선경국전》 등을 만들어 법의 기초를 세웠어요. 그러다가 나라가 안정기에 접어들면서 새로운 법이 필요해지자, 세조 때에는 조선의 여러 법전을 모아 하나의 체계로 완성하는 작업이 시작되었어요. 그리고 성종 때 드디어 《경국대전》이 만들어졌지요. 《경국대전》은 조선의 국가 조직과 사회, 경제 활동을 모은 기본 법전이 되었답니다. 이후로도 법전은 시대의 흐름에 따라 계속 바뀌었어요. 성종 때는 《대전속록》, 중종 때는 《대전후속록》, 숙종 때는 《수교집록》이 만들어졌어요.

"여봐라, 법전을 정리하도록 하라!"

기본 법전인 《경국대전》을 보완할 필요성을 느낀 영조는 《속대전》을 만들 임시 기구를 설치하고 책임자를 임명했어요. 또한 법의 전문가를 불러 초안을 작성하게 했어요. 수차례 검토한 끝에 1746년 조선 제2 법전인 《속대전》이 완성되었답니다. 《경국대전》이 시행된 지 260년 만에 만든 것이에요.

《속대전》은 이·호·예·병·형·공전의 여섯 부문으로 이루어졌어요. 그중 호전과 형전에 여러 항목이 추가되었어요. 특히 죄인을 벌하는 규율과 관련된 형전은 이전에 비해 많이 느슨해졌어요. 가혹한 형벌은 없애고 형량을 가볍게 했지요. 사회의 변화에 맞지 않는 조항은 없애거나 고쳤어요. 이는 임진왜란과 병자호란을 겪은 후 약해진 법질서를 굳게 세우고, 민심을 바로잡기 위한 영조의 노력이었어요.

이후로도 조선의 법전은 사회의 흐름에 맞게 고쳐지며 사회 질서를 유지하는 데 이바지했답니다.

시대에 맞게! 정리하고 고쳐라

균역법

죽은 사람도 세금을 냈다고요?

초라한 모습의 농부가 무덤 앞에서 서럽게 울고 있었어요. 갓난아이를 안고 근심 가득한 얼굴로 눈물을 흘리는 아낙네도 있었고, 이웃집을 향해 원망을 늘어놓는 사내도 있었지요.

"이런 도둑놈들!"

그들은 하나같이 누군가를 향해 이렇게 소리쳤어요. 대체 사람들은 무슨 이유로 이렇게 슬퍼한 것일까요?

2번의 큰 전쟁을 겪은 조선은 국방력 강화에 힘썼어요. 5군영을 설치한 것은 이 때문이었지요. 5군영은 서울을 지키는 훈련도감, 어영청, 금위영과 서울 외곽을 지키는 총융청, 수어청으로 구성되었어요. 그런데 이 5군영 체제는 유지비가 많이 드는 문제가 있었어요. 부족한 돈은 세금으로 채워야 했지요.

조선의 세금 제도 중에 군정이라는 것이 있었어요. 군사적 의무가 있는 16세부터 60세까지의 양인 남자들이 군대에 가는 대신 '군포'를 내는 제도지요. 군포란 베와 같은 옷감을 말해요. 그런데 이들에게서 걷은 세금으로도 부족한 돈을 채우기가 힘들어지자, 관리들은 이미 죽은 사람을 살아 있는 것처럼 속여 세금을 내게 했어요. 갓난아이에게도 군포를 내라고 닦달했고요. 이를 각각 백골징포, 황구첨정이라고 한답니다.

결국 과도한 세금에 마을을 떠나는 사람들이 늘어났어요. 관리들은 주민들의 이탈을 막기 위해 이웃이 도망가면 남은 이웃이, 친척이 도망가면 남은 친척이 대신 세금을 내게 하는 족징, 인징이라는 제도를 만들었어요. 그러다 보니 한 집안에서 돌아가신 할아버지, 아버지, 아들, 갓난아이, 도망간 옆집 사람의 군포까지 모조리 내야하는 일이 일어나기도 했지요. 그래서 마을에서는 울음소리가 끊이지 않았던 거예요.

백성들의 원성이 높아지자 영조는 균역법을 시행했어요. 16개월에 2필 내던 것을 12개월에 1필로 줄여 부담을 덜어 주었답니다.

조선의 사치품, 가체

"그 얘기 들었어? 저 아랫동네 김 대감네 며느리가 가체를 사느라 돈을 엄청 쓴 모양이야. 집안이 곧 망하게 생겼대."

개울가에서 빨래를 하던 아낙이 동네 여자들에게 말했어요.

"어쩐지. 가체가 고급스러워 보이더라니."

여자들은 주위를 둘러보며 수군거렸어요. 저 멀리 가체를 얹은 부인이 조심스레 지나가고 있었어요.

가체가 무엇이기에 집안이 망할 정도였을까요? 가체는 여자들이 사용한 덧머리, 즉 가발이에요. 머리숱이 많아 보이게 다른 머리를 얹는 것으로 '다리'라고도 부른답니다. 사극에서 왕비나 양반집 부인들이 굵게 많아 올린 머리를 하고 있는 것을 본 적이 있지요? 그것이 바로 가체예요.

가체는 통일 신라 때부터 사용되었어요. 그런데 조선 후기에 오면서 가체의 가격 때문에 심각한 사회 문제로 떠오르게 되었지요. 그 값이 열 집의 재산을 넘었다는 기록이 있을 정도로 가체는 값비싼 물건이었어요. 가체를 사들이느라 재산을 모두 써 버린 집들도 있었으니까요. 경쟁적으로 가체를 사들이면서 그 모양도 더 커지고 화려해졌어요.

"가체를 쓰고 인사를 하다 목이 부러진 여인이 있는가 하면, 가체를 한 큰 머리가 문설주를 받아 목이 부러진 여인도 있다고 한다. 어린 신부에게 큰 가체를 얹어 기절하는 일도 생긴다고 하니, 이 어찌 두고 볼 일인가!"

결국 영조는 가체 사용을 금지하라고 명령했어요. 대신 족두리 사용을 권장했지요. 하지만 혼례처럼 여자들이 단장을 해야 할 때는 여전히 가체가 쓰였어요. 이 때문에 가체 금지령은 완전히 시행되지는 못했어요. 그러다가 순조에 이르러서야 사라졌답니다.

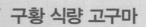

구황 식량 고구마

고구마가 원래는 감저였다고요?

"전하, 대마도에 먹을 수 있는 뿌리가 있사옵니다. 지난해 처음으로 이것을 2말 구했고, 이번에도 이것을 구해 동래의 아전들에게 주어 심게 할 예정이옵니다."

통신사로 일본에 다녀온 조엄이 영조에게 말했어요.

"그것의 이름이 무엇인가?"

"감저라고 하옵니다. 감저를 우리나라에 퍼뜨린다면 문익점이 목

20

화를 퍼뜨린 것처럼 백성들에게 큰 도움이 될 것이옵니다."

굶주렸던 사람들은 처음 보는 감저가 신기할 따름이었어요.

"고것 참 못생겼는데 맛은 기가 막히네."

농민들은 너도나도 감저를 심었어요. 감저는 배고픔에 시달리던 백성들에게 큰 도움이 되었답니다.

그런데 감저가 무엇일까요? 혹시 감자라고 생각하지 않았나요? 감저는 고구마의 옛 이름이에요. 영조는 고구마가 식량을 대신할 수 있을 것이라고 생각했어요. 실제로 고구마는 백성들의 배고픔을 얼마간 덜어 주었답니다.

영조는 조선의 왕 중 가장 오랜 기간인 51년 7개월 동안 왕의 자리에 있으면서 많은 업적을 남겼어요. 특히 어떻게 하면 백성들을 편안하게 할까 늘 고민하면서 백성들을 위한 정책들을 시행했지요.

영조는 균역법을 시행해 농민의 세금을 줄여 주었어요. 신문고 제도를 부활해 억울한 백성들을 위로하고자 했고요. 또한 방죽을 새로 지어 가뭄의 피해를 줄이기도 했답니다. 고구마를 심게 한 것도 백성을 위한 정책의 한 부분이었어요. 백성들을 굶주림에서 벗어나게 하려는 영조의 마음이었지요.

이러한 노력 때문에 영조는 지금까지도 백성을 사랑했던 왕으로 기억되고 있답니다.

뒤주에 갇혀 죽은 비운의 왕세자

"내 앞에서 자결을 하도록 하라!"

"아바마마! 전 지은 죄가 없사옵니다."

세자가 엎드려 간곡하게 말했어요. 하지만 영조는 화가 누그러지지 않았지요.

"세자를 당장 뒤주에 가두어라!"

영조의 명령에 신하들은 세자를 뒤주에 가두었어요. 세자는 하염없이 눈물을 흘렸지요.

"물 한 모금도 주지 말라!"

영조는 이 한마디를 남기고 돌아섰어요.

비운의 왕세자 이선은 아버지 영조의 명령으로 갇혀 9일 만에 죽고 말았어요. 그가 바로 정조의 아버지인 사도 세자랍니다.

한 나라의 왕세자가 왜 이런 비참한 죽음을 맞이해야 했을까요?

1749년, 세자는 아버지인 영조를 대신해 정치를 하게 되었어요.

그를 싫어하던 노론과 정순 왕후, 숙의 문씨 등은 영조와 세자 사이를 이간질했어요. 영조는 크게 노해 세자를 불러 꾸짖었어요. 아버지의 기대에 미치지 못한 세자는 결국 정신병에 걸리고 말았어요. 궁녀를 해치거나 몰래 궁궐을 빠져나가는 등 난폭한 행동을 일삼았어요.

이런 일이 반복되자 1761년에 정순 왕후의 아버지인 김한구와 그와 한 무리인 홍계희, 윤급 등은 일을 꾸몄어요. 윤급의 종 나경언을 시켜 세자의 잘못된 행동을 쓴 글을 영조에게 올리게 한 거예요. 영조는 더 이상 참을 수 없었어요. 조선의 앞날을 위해 세자를 죽이기로 결심했지요.

세자가 죽은 뒤 영조는 그에게 '생각하니 슬프다.'는 뜻의 '사도(思悼)'라는 이름을 내렸어요. 그리고 장례 때 나라의 앞날을 위해 어쩔 수 없이 행한 일이었음을 알리기도 했어요. 훗날 사도 세자는 아들인 정조가 왕위에 오르면서 '장헌'으로, 1899년에 다시 '장조'로 왕의 칭호를 받았답니다.

살기 위해 밤새 책을 읽은 왕

살기 위해 밤새 책을 읽은 왕이 있었어요. 그는 책을 읽다가 새벽 닭이 울고 나서야 잠자리에 들었어요. 암살의 위험에서 벗어나기 위해 잠을 줄여 가며 새벽까지 책을 읽었던 왕은 누구일까요?

그는 바로 25세에 조선 제22대 왕이 된 정조예요. 정조의 어린 시절은 그리 순탄하지 않았어요. 정조의 아버지는 비극적으로 죽음을 맞이했던 사도 세자였거든요. 정조의 앞날을 걱정한 할아버지 영조는 정조를 효장 세자의 양자로 올렸어요. 사도 세자가 죄인의 신분으로 죽었기 때문에 정조 역시 죄인의 아들이라는 낙인이 붙어 다닐 게 뻔했거든요. 죄인의 아들이 왕이 되는 것을 그 누가 바라겠어요.

정조는 24세가 되던 해부터 영조를 대신해 대리청정을 하게 되었어요. 그리고 그다음 해 영조가 세상을 떠나면서 정조는 조선의 왕이 되었지요. 이 과정에서 정조는 많은 어려움에 부딪혔어요. 반대 세력은 온갖 방해를 일삼았고, 정조를 해치려고도 했어요.

결국 정조는 자신을 지키기 위해 왕권을 강화해야 했어요. 그는 왕위 계승을 방해한 정후겸, 홍인한의 무리를 모두 처벌했어요. 밀려났던 남인을 뽑아서 영조가 실시했던 탕평책의 정신을 이어 나갔지요. 또한 1781년에는 규장각을 만들어 왕권 강화 기구로 삼았고, 1791년에는 국왕의 호위를 담당하는 장용영을 만들었어요.

정조는 학문 연구도 게을리하지 않았어요. 《국조보감》, 《홍재전서》, 《대전통편》 등 다양한 책을 편찬했지요. 쌀값이 오르면 백성들을 위해 나라에서 저장했던 곡식을 나누어 주기도 했어요.

이처럼 다양한 정책으로 조선의 발전을 이룬 정조였지만, 하루도 편하게 잠을 잔 적이 없었어요. 언제, 누가 자신을 해치려 들지 몰랐으니까요. 결국 정조는 재위 24년, 49세의 나이로 세상을 떠났어요. 당시 권력을 잡은 노론이 독을 썼다는 이야기도 있고, 매일 책을 읽고 나랏일을 논하느라 과로사했다는 이야기도 있답니다.

서얼도 능력만 있으면 돼!

아버님 절 낳으시고 어머님 절 길러 주신 은혜가 크지만 아버님을 아버님이라 못하고, 형을 형이라 못하니, 제 어찌 사람이라 하겠습니까.

-〈홍길동전〉 중에서-

홍길동은 아버님을 아버님이라 하지 못하고 대감이라고 불러야 했어요. 홍길동의 신분이 서얼이었기 때문이에요.

조선의 신분은 크게 양반, 중인, 상민, 천민의 네 가지로 나뉘었어요. 서얼은 기술관, 지방 관리 등과 함께 중인에 속했는데, 양반 사회에서 많은 차별을 받았어요. 아버지가 양반이어도 어머니의 신분에 따라 자식의 신분도 결정되어서 어머니가 양반이면 자식은 양반, 어머니가 천민이면 자식은 서얼이 되었거든요. 홍길동의 어머니는 노비였기 때문에 홍길동은 자연스레 서얼이 된 거예요.

서얼은 과거 시험에서도 차별을 받았어요. 문과 시험은 볼 수가 없었지요. 또한 관직 승진도 제한되어 있었어요. 이 때문에 서얼들은 능력이 뛰어나도 자신의 재능을 마음껏 펼칠 수가 없었어요. 정조는 능력 있는 서얼들이 차별받는 것을 안타깝게 생각했답니다.

"서얼 중에서 뛰어난 재주를 지닌 사람과 나라에 쓰임이 될 만한 사람을 뽑아서 써라!"

"전하, 사대부의 반발이 클 것이옵니다."

"백성은 나의 동포이자 한집 식구이니라. 내 식구가 차별을 받아서야 되겠느냐?"

정조는 재임 1년 만에 관직에 서얼을 뽑는 정책을 시행했어요. 정조의 노력 덕분에 능력 있는 서얼들은 자신의 재능을 인정받을 수 있었어요. 당시에 뽑힌 인물 가운데 박제가, 유득공 등은 훗날 조선의 영향력 있는 인물이 되기도 했고요. 하지만 여전히 서얼에 대한 차별은 있었지요. 정조 이후 서얼들은 자신들의 권리를 찾기 위해 왕에게 상소를 올리는 등 많은 노력을 했답니다.

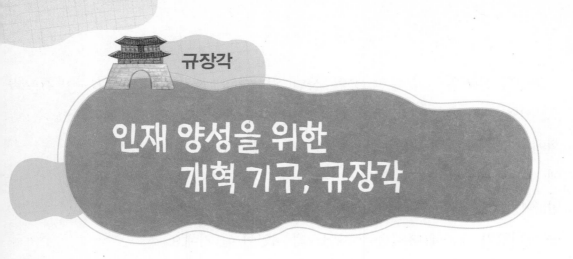

인재 양성을 위한 개혁 기구, 규장각

정조는 믿을 만한 신하가 많지 않다는 게 늘 걱정이었어요. 아버지 사도 세자가 당파 싸움으로 죽었기에 자신도 그렇게 될 수 있다고 생각했어요. 그래서 정치적 신념을 크게 드러내지 않았지요.

정조가 이런 마음을 갖게 된 것은 세자 시절 때 경험했던 부정 시험 때문이었어요. 정조가 영조의 대리청정을 시작하고 처음 있었던 과거 시험에서 3명이 부정 시험으로 합격한 일이 있었어요. 그들은 미리 답안지를 숨겨 와 적는 방식으로 부정을 저질렀어요. 정조는 답안지를 빼돌린 세력을 조사할 것을 명했지만 3명의 합격이 취소되는 것으로 사건은 마무리되었답니다. 권력을 잡은 세력이 자신들의 잘못이 드러날까 봐 재빨리 사건을 끝내 버린 것이지요.

'능력으로 뽑는 과거 시험조차 이렇게 부정이 심하단 말인가. 아무도 믿을 수가 없구나.'

정조는 긴 고민 끝에 규장각을 만들기로 했어요. 규장각은 왕실 도서관이자 학술 연구를 목적으로 만들어진 기구예요. 그리고 정조의 개혁 정치를 뒷받침하는 핵심 정치 기구로 성장했지요. 정조는 당파나 신분에 관계없이 능력 있는 새로운 인재들을 뽑아 규장각에서 일하게 했어요. 특히 서얼 차별 정책을 없애고 능력 있는 서얼들을 규장각에 임명했어요. 이때 뽑힌 인물이 박제가, 유득공, 이덕무, 서이수예요.

규장각의 주요 업무는 역대 왕들의 글이나 책 등을 정리하는 것이었어요. 그리고 이를 바탕으로 개혁의 방향을 가늠했지요. 규장각은 단순한 도서관이 아니었어요. 조선을 새롭게 만들고자 한 정조의 드높은 꿈이 담긴 곳이었답니다.

왕을 향해 징을 울려라!

"백성은 날로 힘들어지고 있습니다! 탐관오리들은 저마다 뱃속을 채우는 데 눈이 멀어 백성의 아픔은 뒷전이옵니다! 재물을 주고 족보를 위조하는 상민들도 늘고 있습니다. 조선이 어찌하여 이 모양이 되었단 말입니까!"

한 남자가 꽹과리를 치며 외쳤어요. 사람들은 두려워하며 그 모습을 지켜보았지요. 꽹과리를 든 남자 때문에 왕의 행차는 잠시 멈

추었답니다. 하지만 왕은 그 남자가 하는 이야기를 가만히 들어 주었고, 바로잡도록 명령했어요.

이 일은 실제로 1791년에 박필관이라는 평민이 정조에게 격쟁을 한 일이에요. 격쟁이란 억울한 일을 당하거나 나라에 건의하고자 하는 사람이 징이나 꽹과리를 쳐서 왕에게 직접 하소연하는 것을 말해요. 사회 변화가 컸던 조선 후기, 의식이 성장한 백성들은 문제가 생기면 바꾸고 해결해야 한다고 생각하게 되었어요. 하지만 평민이 왕을 직접 만나기란 쉽지 않았기 때문에 격쟁은 왕이 행차할 때 주로 행해졌지요.

격쟁은 없어진 신문고 제도의 뒤를 이었어요. 억울한 일을 당한 백성들을 위해 궁궐 밖에 신문고라는 북을 설치했지만 많이 이용되지 않아 없어졌어요. 그러다가 영조 때 다시 부활시킨 거예요. 그러나 신문고는 한양 부근에 사는 백성들만 이용할 수 있었어요. 북을 칠 수 있는 사건도 많지 않았고요. 이에 반해 격쟁은 직접적으로 하소연할 수 있다는 장점을 갖고 있었어요. 그래서 정조는 격쟁을 듣기 위해 일부러 행차를 하기도 했어요.

이 격쟁에서 박필관은 지방 관리들의 부패, 재물을 주고 족보를 위조하는 상민들의 소행, 소나무를 함부로 베는 일, 소를 함부로 잡는 일 등을 말하며 바로잡아 줄 것을 청했어요. 정조는 이 네 가지 모두를 고치라고 명령했지요. 박필관의 격쟁은 정조의 성품을 알 수 있는 사건으로 기억되고 있답니다.

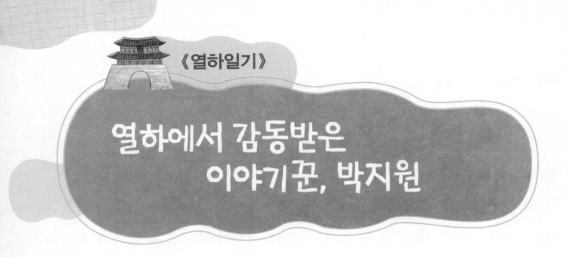

《열하일기》

열하에서 감동받은 이야기꾼, 박지원

조선은 정묘호란과 병자호란을 겪으면서 청나라를 반드시 정벌해야 하는 나라로 여겼어요. 왕들도 '북벌론'을 정치적 이념으로 삼았지요. 하지만 18세기 중반이 되면서 청은 본받아야 할 나라로 바뀌었어요. 당시 청은 안정기에 접어들면서 정치적, 문화적으로 많은 발전을 이루고 있었지요. 조선에서도 청의 발전된 문물을 받아들여야 한다는 사람들이 많아졌어요. 이들을 '북학파'라고 해요.

그중 대표적인 인물이 연암 박지원이에요. 그는 일찍이 과거를 포기하고 황해도 금천 연암골에 정착해 살았어요. 그런데 은둔 생활을 하던 박지원이 1780년에 한양으로 돌아왔어요. 그해는 청의 황제 건륭이 70세 되던 해였어요. 조선은 건륭 황제의 생일을 축하하기 위해 외교 사절단을 보냈어요. 이때 박지원은 삼종형 박명원의 개인 수행원 자격으로 함께 갔지요.

압록강을 건너 북경을 거쳐 열하로 간 박지원은 한양으로 돌아오기까지 약 5개월간의 긴 여행을 했어요. 열하는 건륭 황제가 별궁을 건설한 곳이었어요. 청의 정치, 경제, 문화의 중심지였지요. 그곳에서 박지원은 몽골과 티베트 등 여러 나라의 사람들을 만났어요. 그리고 그들의 학문과 문화를 접하며 문화적 충격을 받았지요.

'오랑캐라고 생각했던 청이 이렇게 발전한 것은 가히 놀랄 만한 일이다. 조선도 개혁이 필요하다.'

조선으로 돌아온 박지원은 몇 년의 작업 끝에 청의 발전상을 소개하는 《열하일기》를 발표했어요. 《열하일기》는 일기 형식의 기행문으로 〈양반전〉과 〈허생전〉, 〈호질〉 같은 한문 소설도 포함되어 있어요. 소설은 무능력한 양반을 비판하거나 상업의 중요성에 대해 이야기하고 있어요. 박지원은 조선이 발전하려면 양반들이 변해야 한다고 생각했어요. 또한 성리학 위주에서 벗어나 실용적인 학문에 관심을 가져야 한다고 주장했지요.

학자이자 타고난 이야기꾼인 박지원의 글은 지금까지도 위대한 문학 작품으로 읽히고 있답니다.

오오~
이 곳이
청나라!

장용영

왕의 친위 부대, 장용영

왕권을 강화하기 위해서는 무엇이 필요할까요? 정조는 강한 군주가 되기 위해 다양한 정책을 시행했어요. 붕당의 대립을 없애기 위해 영조의 탕평책을 계승했어요. 또한 규장각을 만들어 개혁 기구로 삼았지요. 하지만 정조를 위협하는 세력은 여전히 있었어요.

정조는 자신을 지킬 수 있는 군대를 만들기로 결심했어요. 강한 군사력이 있다면 자신의 개혁 정치를 반대하는 세력도 함부로 나서지 못할 것이라 생각했거든요.

조선 초기의 군대는 5위 체제였어요. 전국적으로 군사 조직을 5개로 나누고 그 아래 지방군을 두는 방식이었어요. 북쪽의 국경 지대와 왜구를 방어하기 위한 군사 제도였지요. 그러나 임진왜란이나 병자호란 같은 전쟁에서 큰 효과를 보지 못했어요.

이를 보완한 것이 바로 5군영이에요. 인조 때 5군영은 국방의 역할뿐만 아니라 왕권을 지키는 역할까지 했어요. 조선의 공식 군대로 운영되었지요. 그러나 시간이 지나면서 5군영 역시 변해 갔어요. 특정 당에 얽매여 군사 체제 또한 무질서해졌어요.

"조선에 어찌 건실한 군대 하나 없단 말인가?"

정조는 자신을 지켜 줄 군사 조직이 필요했어요. 그래서 만든 것이 바로 장용영이에요. 1785년, 장용위라는 이름으로 만들었다가 1788년에 규모를 키우면서 장용영으로 개편되었지요.

장용영은 크게 내영과 외영으로 나누어졌어요. 내영은 서울을 중심으로, 외영은 수원 화성을 중심으로 배치되었지요. 이때 병사가 총 3,450명에 이르렀어요. 원래 목표로 했던 5,000명에는 미치지 못했지만 왕의 친위 부대로 손색이 없었지요. 비로소 장용영은 막강한 군사 조직으로 거듭날 수 있었어요.

이처럼 장용영은 규장각과 함께 정조의 왕권 강화에 큰 역할을 했어요. 이 기구들을 바탕으로 정조는 자신의 개혁 정치를 실현할 수 있었답니다.

 정약용

백성을 사랑하고
나라를 근심하라!

오늘날 백성을 다스리는 자들은 오직 거두어들이는 데만 급급하고 백성을 돌보는 일은 알지 못한다. 이 때문에 서민들은 여위고 곤궁하고 병까지 들어 진구렁 속에 줄을 이어 그득한데도, 그들을 다스리는 자는 바야흐로 고운 옷과 맛있는 음식에 자기만 살찌고 있으니 슬프지 아니한가!

-《목민심서》 중에서-

위의 글은 정약용의 《목민심서》 서문에 나오는 글이에요. 백성을 착취하고 자신들만 배불리 먹는 지방관을 비판하는 내용이지요.

　정약용은 조선 후기의 실학자로 성리학 위주의 학문에서 벗어나 실제 생활에 필요한 학문을 발전시켜야 한다고 주장했어요. 정약용은 개혁과 개방만이

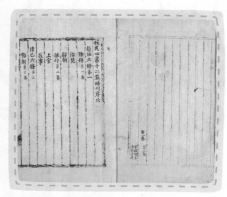

정약용의 《목민심서》

나라가 부유해지는 지름길이라고 주장했지요.

이런 그를 지지해 준 사람이 바로 정조였어요. 정약용은 22세에 초시에 합격하고 성균관에 입학했어요. 그리고 28세 때 대과에서 2등을 하면서 벼슬길에 나가게 되었어요. 서학을 공부하면서 잠시 천주교를 접하기도 했지요. 하지만 제사를 없애야 한다는 교리가 논란이 되면서 천주교에 등을 돌렸어요.

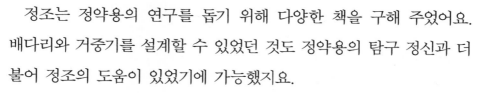

정조는 정약용의 연구를 돕기 위해 다양한 책을 구해 주었어요. 배다리와 거중기를 설계할 수 있었던 것도 정약용의 탐구 정신과 더불어 정조의 도움이 있었기에 가능했지요.

하지만 정조가 죽은 뒤 정약용은 큰 시련을 겪었어요. 천주교를 잠시 믿었다는 이유로 18년 동안이나 귀양살이를 하게 되었지요. 정약용은 강진에서의 유배 기간 동안 많은 책을 썼어요. 조선 정치 제도의 문제점을 지적하고 개혁 방향을 다룬 《경세유표》, 지방관의 자질과 행정에 관한 지침을 기록한 《목민심서》가 이때 쓴 책이에요. 그리고 그 지방에서 많은 제자를 길러 냈지요.

이후 고향에 돌아와 78세로 세상을 떠나기까지, 정약용은 자신의 학문을 연구했어요. 오직 조선의 발전과 백성들만을 위했답니다.

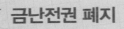

금난전권 폐지

누구나 물건을 팔 수 있어요!

전하! 시전 상인의 횡포로 도성의 백성들은 지금 고통에 빠져 있사옵니다. 금난전권은 오로지 시전 상인이 국역을 부담하는 대가로 준 것이 아니옵니까? 그런데 이들은 생활용품까지 제멋대로 주관을 하고 있사옵니다. 심지어 채소나 옹기까지 취급을 하니 백성들의 생활이 매우 가난하옵니다.

좌의정 채제공이 올린 상소문은 시전 상인들의 횡포에 대한 내용이었어요. 시전 상인은 누구이며, 왜 백성들을 힘들게 했을까요?

조선에서는 조정으로부터 허락을 받은 사람만 물건을 팔 수 있었어요. 대신 그들은 세금을 내야 했지요. 또 궁궐이나 관청에 필요한 물품을 대어 주는 상인들만 장사를 할 수 있었어요. 이들이 바로 시전 상인과 육의전이에요. 육의전이라는 이름은 이들이 판매한 상품이 여

섯 종류여서 붙여졌어요.

시전 상인은 금난전권이라는 특권을 갖고 있었어요. 시전 상인들이 난전 상인들을 단속하는 권한이었지요. 조정에서는 허락받지 않은 난전 상인들이 시장을 어지럽힌다고 생각했어요. 그래서 시전 상인들에게 관청에 들어가는 물품을 대게 하고, 대신에 난전 상인을 단속하는 권한을 주었지요. 난전 상인들은 도성 안팎 10리 안에서는 물건을 팔 수 없게 되었어요. 그러다 보니 시전 상인들이 물건을 독점하게 되었고, 물건 가격이 오르면서 백성들은 더 힘들어졌어요.

이런 상황은 상공업 발달에 나쁜 영향을 끼쳤어요. 그래서 정조의 개혁 정치를 돕던 채제공이 금난전권 폐지를 건의한 것이지요.

1791년, 금난전권을 없애는 신해통공을 시행하면서 난전 상인들은 자유롭게 물건을 팔 수 있게 되었어요. 백성들은 다양한 물건을 좋은 가격으로 살 수 있게 되었고요. 이후 조선은 상공업의 발달을 이루었답니다.

수원 화성

정조는 왜 화성에 자주 갔을까요?

    정조의 아버지인 사도 세자는 왕위에 오르지 못한 채 젊은 나이에 삶을 마쳤어요. 그래서 여전히 세자로 불린답니다.

    사도 세자는 영조의 둘째 아들이에요. 그 당시 조선은 당파 싸움으로 매우 시끄러웠어요. 신하들은 권력을 얻기 위해 서로를 공격했지요. 그러던 중에 사도 세자는 영조의 미움을 받게 되어 뒤주에 갇히게 되었어요. 어린 정조는 통곡을 하며 아버지를 살려 달라고 빌었지만 영조는 들어주지 않았어요. 결국 정조는 눈앞에서 아버지의 죽음을 보게 되었어요. 이때 정조의 나이는 고작 11세였어요. 아버지를 지키지 못했다는 죄책감은 왕이 된 후에도 계속되었지요.

화성의 서북공심돈과 화서문

정조는 돌아가신 아버지에게 살아생전 못다 한 효도를 하고 싶었어요. 그래서 조선에서 가장 좋은 땅으로 아버지의 묘소를 옮기기로 했지요. 그곳이 수원부, 지금의 수원 시내랍니다.

1789년, 왕이 된 지 13년 만에 정조는 사도 세자의 묘소를 수원 화성으로 옮기기로 결심했어요. 화성은 정조의 명령에 의해 만들어진 계획도시예요. 당시 건설을 맡았던 정약용이 거중기와 여러 책을 참고해 화성을 완성했지요.

그런데 문제가 있었어요. 수원부에는 많은 백성이 살고 있었던 거예요. 그래서 정조는 수원부의 백성들이 다른 곳으로 이사할 수 있도록 따로 살 곳을 마련해 주었어요. 집 지을 비용도 보태 주었지요.

아버지의 묘소를 수원으로 옮긴 뒤 정조는 자주 화성에 행차했어요. 수원을 정기적으로 방문하기 위해 행궁이라는 임시 궁궐도 지어 놓았지요. 아버지를 위한 정조의 지극한 효심이 담긴 아름다운 수원 화성은 1997년 세계 문화유산으로 지정되었답니다.

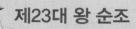

왕권 강화를 위해 노력했던 왕

조선의 제23대 왕 순조는 1800년에 왕의 자리를 이을 왕세자에 책봉되었어요. 그리고 그해 6월 11세의 어린 나이로 왕위에 올랐어요. 이 때문에 어린 순조 대신 대왕대비인 정순 왕후가 대리로 정치하는 수렴청정이 이루어졌어요.

1804년, 12월부터 순조는 직접 정치를 하게 되었어요. 그는 선왕의 여러 정책들을 기반으로 삼아 나라를 다스렸어요. 당시 김조순을 포함한 순조의 외가는 큰 권력을 갖고 있었어요. 순조는 그들에 맞서기 위해 선왕의 모범이 되는 정책을 본받았어요.

그는 암행어사를 보내 지방관을 관리했어요. 또한 국왕의 친위 부대를 강화해 왕권 강화에 힘썼어요. 나라의 재정과 군정에 관한 내용을 적은《만기요람》을 펴내기도 했고요.

하지만 왕권 강화는 쉽지 않았어요. 안동 김씨 가문의 세력이 정권을 주도하고 있었거든요. 이들은 주요 관직을 독차지하고 뇌물을

받는 등 문란을 일
삼았어요. 설상가상
으로 흉년이 들었고,
1811년에는 홍경래의
난이 발생했어요. 1821년에
는 전국적으로 호열자
라는 전염병이 돌아 많
은 이들의 목숨을 앗아 갔

어요. 호열자란 '호랑이가 살점
을 찢어 내는 고통을 준다.'는 뜻이에요. 그만큼 엄청난 아픔을 주
는 병으로, 오늘날 콜레라라고 부르는 전염병이랍니다.

옛날에는 나라에 자연재해가 일어나거나 전염병이 발생하면 왕의
잘못 때문이라고 생각했어요. 순조 역시 자신에게 책임이 있다고 생
각했어요. 그래서 전염병을 막기 위해 가벼운 죄를 지은 죄수를 풀
어 주는 등의 노력을 했지요.

하지만 안동 김씨 가문의 권력은 더 강해져만 갔어요. 순조는 그
들에게 밀려 적극적으로 권력을 행사할 수 없었지요. 결국 순조는
1827년에 아들 효명 세자에게 대리청정을 시켰어요. 하지만 세자는
3년 만에 죽고 말았어요. 순조가 다시 정권을 맡았지만 기세등등한
안동 김씨 가문의 세력을 넘을 수는 없었답니다.

오가작통법으로
천주교도들을 감시하라!

정조 조에서는 천주학을 법으로 엄하게 금지했다. 그러나 법을
피한 사람들이 백성들을 불러 모아 아직까지 천주학을 교육시
키고 있다. 천주학에 빠져 포도청에 붙잡혀 오는 사람들도 늘고
있다.

-《순조실록》1년 1월 10일-

정조 때 천주교를 법으로 금지했지만, 백성들은 암암리에 천주교

를 믿고 있었어요. 조정은 이들을 감시하면서 권력을 얻는 수단으로 천주교를 이용하기로 했어요.

1800년, 11세의 어린 순조가 왕위에 올랐어요. 정치를 하기에는 너무 어렸기 때문에 정순 왕후가 순조를 대신해 수렴청정을 했지요. 정순 왕후는 자신의 권력을 유지하기 위해 사도 세자의 죽음에 앞장섰던 벽파 세력과 손잡았어요. 그리고 천주교를 탄압하여 자신들을 반대하는 세력인 남인과 시파를 제거하기로 했지요.

남인과 시파는 정순 왕후의 반대 세력이었어요. 이들을 신서파라고 불렀어요. 신서파 대부분은 천주교를 공부했는데, 그들 중엔 세례를 받은 사람들도 있었지요.

순조 1년, 정순 왕후는 천주교 금지령을 내렸어요. 그리고 오가작통법으로 천주교도들을 감시했답니다. 오가작통법은 다섯 집을 한 통으로 묶고 그 위에 통주를 두어 서로 감시하게 하는 법이에요. 원래 이 법은 범죄자를 잡아들이거나 세금을 쉽게 거두어들이기 위해 만들어졌어요. 하지만 천주교를 믿는지 주민들끼리 감시하게 하는 제도로 변질되고 만 거예요.

이로 인해 많은 사람이 잡혀가거나 목숨을 잃었어요. 이승훈, 정약용 등 실학자들도 처형당하거나 유배를 떠났어요. 신유박해는 한국 천주교에 가해진 최초의 박해로 그 피해가 매우 컸답니다. 권력 때문에 죄 없는 사람들이 목숨을 잃어야 했던 안타까운 사건이었답니다.

왕보다 힘이 센 가문, 안동 김씨

"김씨 때문에 못살겠다!"

"안동 김씨 가문이 조선을 망치는구나!"

농민들은 갈수록 심해지는 횡포에 괴로워했어요.

"힘없는 왕 때문에 이 무슨 고생인지……."

"그러게 말이야. 저들의 권력과 세력이 하늘을 찌르는구먼."

백성들은 하늘을 보며 원망 섞인 푸념을 늘어놓았어요. 점점 나빠지는 조선의 상황이 답답하기만 할 뿐이었지요. 백성들의 불만을 샀던 사람들은 당시 권력을 독차지했던 몇몇 가문들이었어요. 그들은 자신들의 이득을 위해 백성들의 재물을 빼앗고 괴롭혔어요. 왕조차도 그들을 제압하기가 힘들었지요. 조선에서 왕보다 힘이 셌던 그들은 과연 누구일까요?

정조가 승하한 뒤 조선의 권력은 몇몇 가문의 차지가 되었어요. 안동 김씨와 풍양 조씨가 대표적인 가문이었어요. 이 두 가문은 왕실과 혼인 관계를 맺으면서 자신들의 힘을 키워 나갔어요. 왕은 허수아비와 같았지요. 이처럼 특정 가문이 권력을 잡아 이루어지는 정치 형태를 '세도 정치'라고 해요.

정조에 이어 왕위에 오른 순조는 당시 겨우 11세였어요. 안동 김씨였던 김조순은 자신의 딸을 순조와 혼인시켰어요. 딸이 왕비가 되자 김조순의 힘도 덩달아 커졌어요. 그러면서 안동 김씨 가문은 핵심 세력으로 떠오르기 시작했지요.

안동 김씨 가문은 무서울 것이 없었어요. 어린 왕이었던 순조는 이들을 막을 힘이 없었거든요. 조선의 중요한 관직은 대부분 안동 김씨 가문의 차지가 되었어요. 관직을 얻기 위해 안동 김씨를 찾아가 뇌물을 바치는 사람들도 있었어요. 돈을 주고 과거 시험지를 빼돌리기도 했지요. 그뿐이 아니었어요. 안동 김씨 가문은 농민들에게 세금도 많이 걷었어요. 농민들의 어려운 생활은 더 나빠졌어요. 농민들은 안동 김씨의 '김' 자만 들어도 혀를 내둘렀어요.

이렇듯 무려 60여 년간 권력을 독차지했던 안동 김씨 가문은 흥선 대원군이 정권을 잡고 나서야 비로소 권력의 자리에서 물러났답니다.

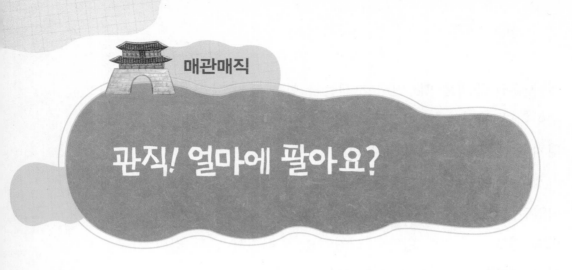

관직! 얼마에 팔아요?

"글쎄, 공명첩이 3,000장 정도가 팔렸다네."

"정말인가? 그거 참 대단하군. 이제 돈을 주고 관직을 사는 게 어려운 일이 아니야. 나도 돈이 좀 있으면 좋으련만."

초라한 행색의 두 양반이 씁쓸한 표정으로 이야기를 나누었어요.

돈을 주고 관직을 살 수 있다면 어떻게 될까요? 조선에서는 실제로 돈을 주고 관직을 살 수 있었답니다. 공명첩만 있다면 말이지요. 공명첩은 이름이 적히지 않은 관직 임명장이에요. 돈을 주고 공명첩을 산 뒤 자신의 이름을 적어 넣는 것이지요.

이렇게 돈을 주고 관직을 사고 파는 것을 '매관매직'이라고 해요. 매관매직이 가장 많이 행해진 때는 세도 정치 기간이었어요.

백지 임명장인 **공명첩**

안동 김씨와 풍양 조씨가 권력을 독점하면서 관직을 사고파는 행위는 극에 달했지요. 이들은 한 번에 수천 장씩 공명첩을 팔았어요.

공명첩이 처음부터 나쁘게 이용된 것은 아니었어요. 임진왜란 이후 조선은 황폐해진 나라를 복구하기 위해 많은 돈을 써야 했어요. 세금이 더 필요했지요. 그래서 생각한 대책이 공명첩이었어요. 돈이나 곡식을 받고 관직을 판 것이지요. 공명첩은 국가가 운영한 합법적인 제도였어요.

하지만 왕권이 약해지고 특정 가문이 권력을 도맡게 되면서 공명첩은 신분 상승 제도로 이용되기 시작했어요. 주로 고을의 관리들이 출세를 하기 위해 공명첩을 사들였지요. 그들은 공명첩을 살 돈을 마련하기 위해 세금을 더 걷었어요. 계속해서 강제로 세금을 걷자, 농민들은 점점 지쳐 갔어요. 그래서 관리들의 가혹한 정치를 더 이상 참지 못하고 결국 난을 일으키게 된답니다.

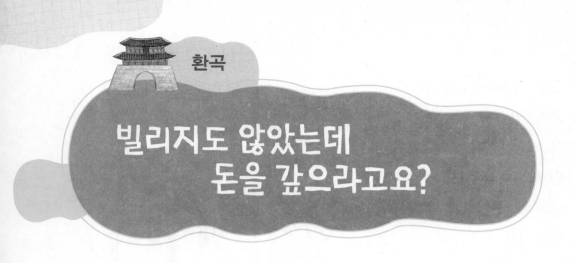

빌리지도 않았는데
돈을 갚으라고요?

수십여 년 동안 빚이 남아 있는 사람들이 많습니다. 그런데 그들은 어떻게 빚을 졌는지 모릅니다. 또 할아버지, 아버지의 이자와 빚을 갚는 이들도 있습니다. 빚을 갚지 못해 관청에 끌려간 자들이 감옥에 가득합니다. 매를 맞는 죄인들이 뜰에 꽉 차 있습니다. 근심하고 괴로워하는 기색이 역력할 뿐 아니라, 그들이 울부짖는 소리가 촌락마다 들려옵니다.

1785년, 영남 지방을 돌아보고 온 암행어사 이시수는 왕에게 위와 같이 보고했어요. 빚을 진 백성들이 고통받고 있다는 내용이었지요. 백성들은 어쩌다 빚더미에 오르게 된 걸까요?

조선 후기의 세금 제도는 전세와 군포, 환곡으로 이루어져 있었어요. 전세는 토지에 부과하는 세금이에요. 군포는 군대 가는 대신 옷감을 내는 제도이고요. 환곡은 약간의 이자를 받고 곡식을 빌려주는 제도를 말해요. 이 세 제도를 합쳐 삼정이라고 불렀지요. 그런데 삼정은 농민들을 많이 힘들게 했어요. 관리들이 다양한 방법으로 농민들의 재물을 빼앗았거든요.

특히 삼정 가운데 환곡의 문제가 가장 심각했어요. 농민들이 아무리 열심히 농사를 지어도 1년 먹을 양식을 모을 수는 없었어요. 수확기인 가을에는 그나마 곡식이 풍성했지만, 겨울이 지나고 봄이 되면 저장해 둔 곡식은 바닥을 드러냈어요. 끼니를 거르고 굶는 일이 허다했답니다. 이런 일이 발생하지 않도록 만든 것이 바로 환곡이었어요. 환곡은 봄에 곡식을 빌려 가 가을에 이자를 보태 갚는 제도였지요. 그런데 관리들이 이 환곡을 교묘히 이용했어요. 곡식을 빌려줄 때 모래를 섞어 주거나, 빌려 주지도 않은 곡식을 빌려 줬다고 장부에 기록해 놓기도 했어요. 또 엄청난 이자를 붙여 빼돌리기도 했고요. 만약 갚지 못하면 관아에 끌고 가 매를 치거나 감옥에 가두었어요.

이러한 일이 조정에 알려지자 왕은 삼정의 문란을 시정하기 위해 '삼정 이정청'이라는 특별 기구를 설치했어요. 하지만 안타깝게도 큰 효과를 발휘하지는 못했답니다.

모내기를 전국적으로 실시하라!

5월이 되면 농촌에서는 모내기가 시작돼요. 농부들이 촘촘히 모를 심으면 한여름 내내 따가운 볕을 받은 모는 가을에 귀중한 쌀을 품게 되지요. 덕분에 우리는 맛있는 밥을 먹을 수 있고요. 그런데 조선의 왕들은 이 모내기법이 널리 퍼지는 것을 막았답니다. 쌀을 수확하는 데 없어서는 안 될 모내기법을 왜 금했던 걸까요?

16세기 전까지 농민들은 모내기법을 알지 못했어요. 모내기법은 볍씨를 모판이라는 상자에 뿌려 어린 싹을 키운 후 논에 옮겨 심는 방식이에요. 모내기법이 이용되기 전까지 농민들은 논에다가 직접

52

씨를 뿌려 벼를 키웠어요. 직접 씨를 뿌리다 보니 씨앗이 서로 엉켜 수확량에도 문제가 생겼어요. 그러다가 농사 기술이 발달하면서 모내기법이 널리 퍼지게 되었어요. 처음에는 남부 지방에서만 하다가 점차 전국으로 확대되기 시작했지요.

하지만 조선 초기에는 왕들이 모내기법을 금지시켰어요. 모내기를 하려면 논에 물이 많이 필요했기 때문이에요.

"가뭄이 들면 모를 한 포기도 심을 수 없을 것이다. 이 피해를 어찌 감당할 수 있겠는가?"

가뭄으로 모를 심지 못하게 되면 백성들이 굶주리게 될 것이라 생각한 거예요. 하지만 모내기법은 수확량이 정말 많았기 때문에 농민들은 모내기를 포기할 수 없었어요. 그래서 물을 담아 두는 저수지를 만들기 시작했어요. 정조 2년인 1778년부터는 국가의 지원으로 저수지 시설이 많아졌지요. 그리고 본격적으로 모내기법을 이용해 농사를 짓기 시작했답니다.

모내기법의 장점은 수확량뿐이 아니었어요. 볍씨를 직접 뿌릴 때보다 잡초의 양이 줄어서 농부들의 노동력이 줄어들었어요. 노동력이 줄어들면서 농부들은 다른 땅을 경작할 여유가 생겼어요. 땅을 늘린 농부들은 부자가 되기도 했지요. 모내기를 하기 전까지 논이 비어 있기 때문에 다른 작물을 심을 수도 있었어요.

왕의 명령으로 금지될 뻔한 모내기법은 농민들의 의지로 확대될 수 있었어요. 그 후로 지금까지도 모내기는 행해지고 있답니다.

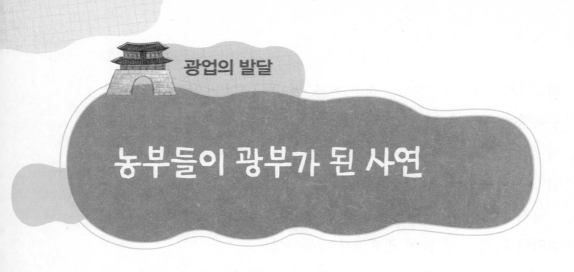

농부들이 광부가 된 사연

"아무래도 이곳을 떠나야겠어. 소문 들었나? 광산이 그렇게 잘된 다더군."

사람들은 하나둘 광산으로 떠나고 마을은 텅 비었어요. 덕칠이도 일자리를 구하기 위해 마을을 떠나기로 결심했어요.

"아무쪼록 몸조심하게나."

언젠가 자신도 떠나야 할지 모른다는 생각에 칠구는 씁쓸한 표정으로 말했어요.

덕칠이와 마을 사람들은 왜 하나둘 광산으로 떠난 걸까요?

조선 후기가 되면서 농민층은 부자 농민과 가난한 농민으로 나뉘기 시작했어요. 모내기가 널리 퍼지면서 가장 크게 변한 것은 노동력이 감소한 것이었어요. 그 전까지는 잡초를 뽑는 등 많은 손길이 필요했어요. 하지만 모내기는 많은 사람을 필요로 하지 않았어요. 땅을 가진 농민들은 일꾼을 부릴 돈으로 땅을 더 늘렸지요. 땅이 늘어나니 수확량도 늘어났어요. 그들은 금세 부자가 되었어요. 이들을 부자 농민, '부농'이라고 불러요.

반면 일자리를 잃은 농민들도 생겨났어요. 모내기법이 알려지기 전에는 땅이 없는 농민들은 잡초 뽑기 같은 허드렛일을 하면서 생계를 이어 나갔어요. 하지만 모내기법이 이용되면서 그런 일마저 사라지게 되었지요. 결국 그들은 먹고살기 위해 일거리를 찾아 도시로 떠날 수밖에 없게 된 거예요.

당시 조선은 청나라와의 무역이 증가하면서 은이 많이 필요했어요. 조정은 세금을 걷는 조건으로 민간인에게도 광산 채굴을 허용했어요. 그 덕분에 광산업은 활기를 띠었답니다.

일자리를 찾아 떠난 가난한 농민들은 광부로 취직을 했어요. 그리고 노동을 한 대가로 돈을 받았지요. 이들을 임노동자라고 해요. 먹고살기 위해 노동자가 된 농민들 덕분에 조선 후기 상공업은 더 많이 발전할 수 있었답니다.

농민도 양반이 될 수 있어요

"아니, 넌 덕천이 아니냐?"

하인과 함께 길을 나섰던 김 대감이 갓을 쓴 농부를 보고는 깜짝 놀라 물었어요.

"덕천이라니요! 말 함부로 하지 마시오. 나도 이제 당신과 같은 양반이오. 상놈 덕천이 아니란 말입니다!"

얼마 전까지 김 대감에게 머리를 조아리던 덕천은 딴사람이 되어 있었어요.

농민이 하루아침에 양반이 되었다니 어떻게 된 일일까요? 임진왜란과 병자호란을 겪은 조선은 세금 부족으로

자네?!

나도 이젠 양반이오

56

어려움을 겪고 있었어요. 그러자 나라에서는 돈을 받고 합법적으로 신분을 상승시킬 수 있는 제도를 만들었어요. 이것이 바로 '납속책'이랍니다.

납속책은 임진왜란 중에 식량이 부족해지자 군량미를 마련할 목적으로 실시된 제도였어요. 전쟁이 끝난 후에는 재정을 확보하기 위해서 이용되었지요. 나라에서 만든 합법적인 제도였기 때문에 돈이 있는 사람들은 너도나도 신분을 샀어요. 특히 부유한 상민들은 돈을 이용해 양반의 족보를 사거나 위조를 했어요. 그래서 나중에는 양반의 수가 너무 많아져 양반의 권위가 떨어지고 말았어요. 노비들은 납속책을 이용해 상민으로 신분을 상승시켰어요. 전쟁에 참여해 공을 세워 상민이 되는 경우도 있었지요.

원래 조선에서 세금과 국방을 담당하는 것은 상민들이었어요. 양반은 그것에서 제외되었지요. 그런데 양반이 늘어나면서 조선의 재정과 국방에도 큰 문제가 생기기 시작했어요. 대책을 고민하던 나라에서는 상민의 수를 늘리기로 했어요. 그래서 많은 노비를 풀어 주었지요. 노비가 상민이 되면서 세금도 내고 군대도 가게 되었어요.

조선의 신분 제도는 점점 문란해졌어요. 노비의 수는 줄고 양반의 수는 늘어나게 되었답니다.

새로운 조선을 꿈꾼 실학자들

　조선에서 가장 인기 있던 학문은 양반들이 가장 좋아했던 성리
학이었어요. 고려 때 안향에 의해 들어온 성리학은 조선 최고의 학
문이었지요. 성리학만 공부하는 학교가 있을 정도였으니까요.

　성리학은 우주의 생성과 구조, 인간의 심성 등에 관해 연구하는
학문이에요. 우주와 인간의 문제를 탐구하다 보니 철학적인 성격이
강하고 실제 생활과는 조금 동떨어져 있었지요.

　"백성들은 굶주리고 있는데 방 안에 앉아 글공부만 하는 게 무슨

소용이란 말인가?"

성리학이 현실적으로 필요한 학문이 아니라고 생각하는 학자들이 등장하기 시작했어요. 이들을 실학자라고 불렀어요. 이들은 실생활에 필요한 실용적 학문이라는 '실학'을 만들었어요. 실학은 토지를 개혁해야 한다는 중농학파와 상공업을 발전시켜야 한다는 중상학파로 나뉘었어요.

중농학파는 백성들 모두 토지를 소유할 수 있는 다양한 방법을 주장했어요. 그들은 토지가 천하의 근본이라고 생각했어요. 토지 제도가 바로 세워져야 나라가 발전한다고 주장했지요. 정약용은 농민들이 토지를 공동으로 갖고 함께 경작해서 수확물도 똑같이 나눠야 한다는 여전론을 제시했어요. 그 당시로서는 매우 파격적인 개혁안이었지요.

중상학파들은 발전된 청나라의 문물을 받아들여 상공업을 발전시켜야 한다고 주장했어요. 박지원은 수레와 선박을 이용해 물건을 유통시킬 것을 강조했어요. 또 상공업의 발전을 위해 화폐를 이용해야 한다고 주장했어요.

실학자들이 주장한 내용들은 대부분 개혁적이었어요. 그만큼 백성들에게 꼭 필요한 제도들이었지요. 하지만 실제로 실현되지는 못했어요. 실학자들 중에는 남인 계열이 많았거든요. 당시 조선은 서인들이 정권을 잡고 있었어요. 권력에서 밀려난 남인들은 힘이 없었답니다.

월급 한 푼 못 받는 공무원

"향리 때문에 못살겠다!"

"향리만 없었어도……."

마을 여기저기서 불만이 터져 나왔어요. 향리가 나타나기만 하면 농민들은 얼른 숨었어요.

"또 뭘 내놓으라 하려고!"

농민들에게 향리는 두려운 존재이자 불만의 대상이었어요. 향리가 누구이기에 이런 취급을 받았던 걸까요?

향리는 지방 관청의 하급 관리예요. 주로 아전이라고 불렀지요. 아전은 중앙 관서에서 근무하는 경아전과 지방 관서에서 근무하는 외아전으로 나뉘었어요. 그리고 외아전 가운데 한 지방에서 대대로 아전을 하는 사람을 향리라고 불렀어요.

물론 고려 시대에도 향리는 있었어요. 고려의 향리는 지방의 군대를 지휘하는 일을 맡았어요. 지방 군대의 장교로서 전쟁이 일어났을 때 국방의 역할을 수행했지요. 하지만 조선의 향리는 상민들의 세금을 걷거나 나라에 필요한 노동력을 동원하는 일을 했어요. 또 각종 소송을 처리했어요. 상민에게 걷은 세금과 공물을 도성으로 운반하여 창고에 저장하는 일도 했지요.

이렇게 여러 일을 담당했던 향리가 백성의 미움을 받은 이유는 무엇이었을까요? 나라에서는 향리에게 땅이나 돈은 주지 않은 채 일만 맡겼어요. 하지만 향리가 해결해야 할 일은 매우 많았어요. 향리가 하루라도 자리를 비우면 업무가 마비될 정도였지요.

이런 이유로 향리는 직접 생계비를 마련해야 했어요. 세금을 횡령하거나 농민들을 수탈하는 등 부정적인 방법을 쓸 수밖에 없었지요. 이에 결국 피해를 입은 것은 백성들이었답니다.

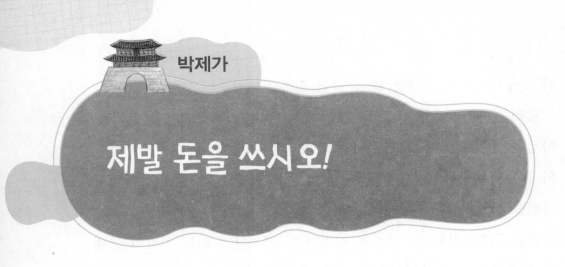

제발 돈을 쓰시오!

재물은 샘과 같다. 퍼내면 차고 버려두면 말라 버린다. 그러므로 비단옷을 입지 않아서 나라에 비단 짜는 사람이 없게 되면 여공이 쇠퇴하고, 쭈그러진 그릇을 싫어하지 않고 기술을 숭상하지 않아서 수공업자가 기술을 익히는 일이 없게 되면 기예가 망하게 되며, 농사가 황폐해져서 법을 잃게 되므로 사농공상의 사민이 모두 어려워져 서로 구제할 수 없게 된다.

-《북학의》중에서-

위의 글은 실학자 박제가가 쓴《북학의》의 일부예요. 박제가는 조선의 상공업을 발전시키고자 노력한 실학자예요. 스승인 연암 박지원의 영향으로 상업과 공업에 관심이 많았지요.

청나라로 여행을 떠난 박제가는 조선과는 사뭇 다른 청의 모습에 충격을 받았어요. 그리고 정조 때 다시 청에 다녀온 뒤《북학의》라는 책을 썼어요.

'학문이란 실제 생활에 도움을 주는 것이어야 한다. 나라의 발전을 위해서라면 외국의 문물일지라도 받아들일 줄 알아야 한다.'

박제가는 선진 기술과 무기의 개선 등 다양한 개혁안을 책에 기록했어요. 특히 그는 소비를 강조했어요. 돈을 모아 놓지만 말고 써야 한다는 것이었지요. 당시 조선의 가난한 백성들은 무엇이든 아끼며 생활했어요. 옷이 헐어도 새 옷을 사지 않고, 찌그러진 그릇도 그냥 썼어요. 그런데 박제가는 이런 모습이 옳지 않다고 비판했어요. 옷과 그릇을 사지 않으면 그것을 만들고 파는 상공업자들은 돈을 벌지 못하게 된다는 것이었어요. 소비하지 않으면 조선의 상업과 공업은 발전하지 못한다고 박제가는 경고했던 거예요.

그의 개혁안은 받아들여지지 않았지만, 훗날 조선의 상공업이 발전하는 데 큰 보탬이 되었답니다.

유득공

발해도 우리 역사예요!

고려의 국력이 쇠약해진 것은 고려가 발해사를 쓰지 않았기 때문이다. 신라 외에 발해를 포함한 남북국사가 있어야 했음에도 고려가 이를 편찬하지 않은 것은 잘못된 일이다.

고려가 끝내 발해사를 쓰지 않아서 토문강 북쪽과 압록강 서쪽이 누구의 땅인지 알지 못하게 되어 여진족을 꾸짖으려 해도 할 말이 없고 거란족을 꾸짖으려 해도 할 말이 없게 되었다.

-《발해고》 서문 중에서-

실학이 발달하면서 중국 중심의 세계관에서 벗어나고자 하는 움직임이 일어났어요. 우리 민족의 전통과 현실에 관심을 갖게 되었지요. 많은 학자가 우리의 관점에서 우리 역사를 연구하기 시작했어요. 그중 유득공은 북방의 역사에 관심을 가진 실학자였어요. 그는 중국을 비롯해 만주와 몽골, 이슬람, 베트남 등 다른 나라에 대해서도 관심이 많았어요.

당시 우리 역사는 삼국과 통일 신라까지 인정할 뿐 발해는 포함시키지 않았어요. 발해는 698년에 대조영이 한반도 북부와 만주, 연해주 지방에 세운 나라예요. 고구려를 계승하여 약 230년 동안 존재했지만 역사서에는 기록되지 않았지요. 유득공은 발해를 우리 역사로 인식하고 만주 일대가 우리 영토임을 일깨우기 위해 책을 썼어요. 그것이 바로 《발해고》예요. 이 책에서 그는 남쪽의 신라도 중요하지만 북쪽의 발해도 중요하며 이때를 남북국 시대라고 불러야 한다고 주장했지요.

유득공은 고려가 역사서에 발해를 쓰지 않았기 때문에 북쪽의 영토를 잃었다고 한탄했어요. 우리 영토임에도 역사서에 기록하지 않아 누구의 땅인지 불분명해졌다는 거예요.

유득공의 연구로 발해는 비로소 우리 역사가 되었답니다. 그의 노력이 없었다면 해동성국이라 불리며 역사상 존재했던 발해를 우리는 영영 알지 못했을지도 몰라요.

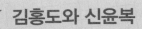
김홍도와 신윤복

그림 속에 담은 서민들의 삶

"단원의 그림이 제일이야!"

"어허! 자네 안목이 영 없군. 혜원이 조선 최고지!"

두 남자는 〈씨름〉과 〈미인도〉 그림을 두고 옥신각신하고 있었어요. 역동적인 씨름판을 그린 그림과 아름다운 여인을 그린 그림은 분위기도 화법도 모두 달랐어요. 그림은 조선 최고의 풍속 화가 단원 김홍도와 혜원 신윤복이 각각 그린 것이었어요.

조선 후기가 되면서 농업과 상공업이 발전하자 경제적으로 여유가 생긴 서민들은 자신들만의 문화를 찾기 시작했어요. 한글이 전파되고 서당 교육이 확

단원 김홍도의 〈씨름〉

대되면서 서민들도 교육을 받게 되었지요. 그러면서 서민의 정취가 물씬 풍기는 문화가 유행하기 시작했어요.

특히 김홍도와 신윤복은 서민의 삶을 잘 표현한 풍속화가로 유명했어요. 풍속화란 그 시대의 모습과 풍습을 그린 그림을 뜻해요.

김홍도는 서민들의 생활을 익살스럽게 표현했어요. 〈서당〉, 〈씨름〉과 같은 그림에서 그 특징을 찾아볼 수 있어요. 신윤복은 양반의 풍류, 조선 여인의 아름다움, 남녀 사이의 애정을 주로 그림에 담았어요. 〈미인도〉, 〈월하정인〉이 대표작이에요. 이들은 거창하고 멋있는 풍경을 선택하지 않았어요. 평범한 사람들을 그렸지요. 그래서 이들의 그림을 보면 조선 후기의 생활 모습을 엿볼 수 있답니다.

조선 후기에는 풍속화뿐 아니라 서민이 직접 그린 민화도 유행했어요. 건강과 풍요를 기원하는 물고기, 잡귀를 쫓는 호랑이 등 복을 빌고 출세를 원하는 서민들의 소박한 마음이 잘 담겨 있답니다.

《정감록》과 미륵 신앙

이 세상을 구원해 준다고요?

"내가 미륵불이오! 내가 이 세상을 구원하러 내려왔소!"

"미륵 부처시여! 이 어지러운 세상에서 우리를 구원해 주세요!"

조선 곳곳에서 자신을 미륵불이라고 주장하는 사람들이 나타났
어요. 백성들은 기다렸다는 듯이 그들을 향해 손을 내밀었어요.

미륵불은 누구이며, 사람들은 왜 미륵불에게 열광했을까요?

조선 후기는 백성들에겐 참으로 견디기 힘든 시기였답니다. 붕당
싸움만 하는 정치가들과 농민을 수탈하는 관리들, 홍수와 가뭄 같

은 자연재해까지 백성들은 하루도 편할 날이 없었어요. 언제 또 어떤 일들이 벌어질지 불안하기만 했지요. 이런 불안과 고통을 견디기 위해 백성들은 신앙에 의지하기 시작했어요. 그들은 마을 입구의 바위나 오래된 나무에 기도를 드렸어요. 또 무당을 불러 복을 비는 굿을 하기도 했어요. 이렇게 오래전부터 백성들 사이에서 믿어져 내려온 신앙을 민간 신앙이라고 한답니다.

민간 신앙은 조선 후기에 다양한 방법으로 나타났어요. 그중 하나가 《정감록》이었어요. 조선의 멸망과 새로운 세상을 예언하는 책이었지요. 조선을 세운 이씨의 조상 '이심'과 조선이 멸망한 후 새로운 지배자가 되는 '정감'이라는 사람이 금강산에서 대화를 나누는 형식으로 이루어져 있답니다. 터무니없는 예언서이지만 당시 조선에서 엄청난 인기를 끌었어요.

미륵 신앙 역시 새로운 구원자 미륵불이 조선 땅에 내려온다는 예언적 성격의 민간 신앙이었어요. 나라가 어지러워지면서 곳곳에 자신이 미륵불이라 주장하는 사람들이 나타났어요. 물론 그들은 미륵불이 아니었지만 그들을 믿고 의지하는 사람들도 꽤 많았어요. 그렇게라도 힘들고 불안한 현실에서 벗어나고 싶었던 거예요.

민간 신앙은 단순히 종교적 성격만 갖는 것은 아니었어요. 백성들은 이를 통해 조선을 개혁해야 한다는 신념을 갖게 되었어요. 잘못된 것은 바꿔야 한다고 목소리를 내기 시작했지요. 민간 신앙은 이당시 백성들에게 큰 힘이 되어 준 정신적 피난처였답니다.

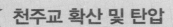

조상에게 절을 하면 안 된다고요?

여러분은 종교를 갖고 있나요? 우리나라에는 다양한 종교가 있어요. 헌법에서도 종교의 자유에 대해서 명시하고 있지요. 여러 종교 가운데 천주교는 우리의 역사와 밀접한 관련이 있답니다.

천주교는 가톨릭을 뜻해요. 우리가 천주교라고 부르는 이유는 중국의 영향을 받았기 때문이에요. 중국은 우리보다 먼저 서양의 가톨릭을 받아들였어요. 그들은 하느님을 천주(天主)라고 불렀어요. 그래서 우리나라도 가톨릭을 '천주를 믿는 종교'라는 뜻으로 천주교라고 불렀답니다. 하지만 처음부터 천주교를 종교로 믿은 건 아니었어요.

천주교는 17세기 초, 중국에 갔던 우리나라 사신들에 의해 전파되었어요. 천주교를 처음 접한 사람들은 종교가 아닌 학문으로 생각했어요. 서양에서 온 학문이란 뜻으로 서학이라고 불렀지요.

그러다가 18세기에 들어서면서 천주교는 종교로 받아들여지기 시작했어요. 천주교를 믿는 신자들도 점점 늘어났지요. 그중 이승훈은 조선 최초로 세례를 받은 인물이에요. 1783년, 이승훈은 아버지를 따라 청나라 북경으로 갔어요. 그리고 그곳에서 예수회 선교사였던 그라몽 신부를 만나 천주교의 교리를 배우고 세례도 받았지요. 그 후 1785년에 조선으로 돌아와 천주교 전파에 앞장섰답니다.

당시 천주교는 많은 비판을 받기도 했어요. 조선의 문화와 맞지 않는 여러 가지 문제점이 있었거든요. 천주교는 조상에 대한 제사를 금지했어요. 하느님 이외의 다른 우상에게 절을 해서는 안 된다는 교리 때문이었지요. 유교 국가인 조선에서는 감히 상상도 할 수 없는 일이었어요. 이 때문에 나라에서는 천주교가 퍼지는 것을 좋아하지 않았어요. 또 인간은 모두 평등하다는 사상 역시 조정의 심기를 건드렸어요. 신분 체계가 확고했던 조선 사회의 질서에 위배되는 것이었거든요. 하지만 하층민들과 여성 그리고 정권에서 밀린 남인, 중인들은 천주교를 환영했어요.

이러한 문제점들 때문에 천주교는 대대적인 탄압을 받게 된답니다.

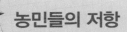

조선 시대 사람들은
왜 벽에 글을 써 붙였을까요?

"자네! 그 글 읽어 보았나? 또 괘서가 붙은 모양이야."

"나라가 이 지경이니 자꾸 괘서가 붙는 거 아닌가."

두 남자가 작은 목소리로 이야기를 나누었어요. 마을은 괘서 사건으로 떠들썩했어요. 게다가 다른 마을에서도 괘서가 등장한다는 소문이 들려왔답니다.

세도 정치로 인해 백성들은 날로 살기가 어려워졌어요. 자연재해와 전염병까지 겹쳐 그 고통은 이루 말할 수가 없었지요. 농민들은 화전민이 되거나 도적의 무리에 들어갔어요. 남은 사람들은 다양한 방법으로 자신들의 불만을 나타냈지요. 그중 하나가 괘서였어요.

괘서란 남을 비난하거나 민심을 유도하기 위해 여러 사람이 볼 수 있는 장소에 몰래 붙이는 글이에요. 벽서라고도 하지요. 괘서는 세도 정치 기간에 유독 많이 등장했어요.

1826년, 청주성의 북문에도 괘서가 한 장 붙었어요.

이 나라는 도탄에 빠져 있다. 간악한 조정은 제 배 불리기에만
급급하다. 조선은 곧 멸망할 것이다!
이씨가 세운 조선은 머지않아 벌을 받을 것이다!
새로운 지도자가 새 나라를 세울 것이다!

　괘서는 조선 조정을 비난하는 내용이었어요. 조정은 발칵 뒤집어
졌어요. 결국 이 사건을 주도했던 김치규, 유치중, 이창곤 등이 체포
되었어요. 하지만 그 후에도 여러 지역에서 괘서는 계속 등장했어
요. 내용은 대부분 조정을 비판하는 것이었어요. 고통만 늘어나는
현실 속에서 사람들이 할 수 있는 것이라고는 조정
을 향해 불만을 토로하는 것뿐이었지요. 그래서
이름 없는 괘서가 사람들이 많이 다니는
장소에 붙기 시작한 거예요.
　괘서는 민심을 알려 주는 수단이
었어요. 잘못된 것들이 바로잡히길
간절히 원했던 백성들의 소리 없
는 외침이었답니다.

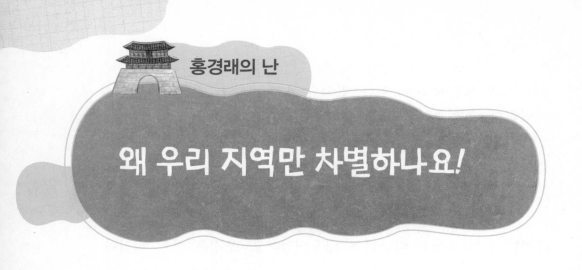

왜 우리 지역만 차별하나요!

여러분은 차별 대우를 받아 본 적이 있나요? 조선에서는 차별 때문에 민란이 일어났답니다. 특이한 점이 있다면 차별을 받은 대상이 사람이 아니라는 거예요.

관서 지방은 기자의 옛터요, 단군 시조의 옛 근거지로 벼슬아치가 많이 나오는 곳이다. 그러나 조정에서는 이곳을 더러운 흙처럼 여겨 노비들마저 이곳 사람을 평안도 놈이라고 부른다. 나이 어린 왕 때문에 조정 대신들의 간악한 짓은 날이 갈수록 심해지고 국가의 권력을 제멋대로 하니 이곳 관서에서 병사를 일으켜 의로운 깃발을 들어 백성을 구하고자 한다.

위의 글은 홍경래가 쓴 글이에요. 홍경래는 서북 지역의 평안도에 살고 있었어요. 당시 평안도는 상업이 활발해서 경제적으로 발전하고 있었어요. 그런데 나라에서는 평안도를 다른 지역과 달리 정치적으로 차별했어요.

조선은 전국을 8도로 나누어 통치하고 있었어요. 8도 중 영남, 호남, 호서 지역은 조선의 지배층이 많이 태어난 곳이었어요. 이들은 모두 남부 지방에 있었지요. 그러다 보니 북부 지역인 함경도와 평안도는 관심에서 벗어날 수밖에 없었어요. 함경도는 그나마 조선 건국의 기틀이 된 지역이라 하여 나라의 관심을 받았지요.

홍경래는 순조 11년인 1811년에 평안도 가산에서 대규모 민중 봉기를 일으켰어요. 봉기란 벌이 떼 지어 일어나듯이 각처에서 병란이나 민란이 일어나는 것을 뜻해요. 평안도에 대한 차별과 조정의 가혹한 수탈에 대항한 거예요. 청천강 이북 지역까지 장악하며 위세를 떨쳤지요. 하지만 몇 개월 후 정주성 싸움에서 관군에게 진압당했어요. 이때 홍경래는 전사했고 약 2,900명의 봉기군이 잡혔어요.

홍경래의 난은 19세기에 처음으로 일어난 대규모 항쟁이라는 점에서 의의가 있어요. 그 후 전국적으로 농민 봉기가 일어나는 계기가 되었기도 하고요.

천주를 위해 죽는 것이 나의 소원이다!

나는 천주를 위해 죽는 것 입니다.

聖 人

한국 천주교의 역사는 꽤 길어요. 그만큼 많은 핍박을 받기도 했지요. 그럼에도 많은 선교사와 신자가 천주교 전파를 위해 희생했어요. 그 가운데 김대건 신부가 있답니다.

"천주교를 위해 죽는 것이 나의 소원이다! 오늘 묻고 내일 물어도 나의 대답은 같을 것이요, 때리고 죽여도 내 대답은 같을 것이다. 그러니 어서 죽여 달라!"

이는 김대건 신부가 죽기 전 마지막으로 남긴 말이에요.
김대건 신부는 어릴 때부터 자연스럽게 천주교를 접했어요. 그의 백부 김종현이 천주교를 신앙으로 받아들이면서 모든 가족을 전도 했거든요. 김대건 신부가 신부의 길로 들어서게 된 것은 프랑스에서 온 모방 신부 때문이에요. 모방 신부는 김대건 신부를 포함한 세 명의 소년을 신학생으로 선발해 마카오에 있는 신학교로 유학을 보냈지요. 조선 내에 천주교 박해가 너무 심했기 때문이었어요.

1845년 6월, 김대건 신부는 중국 상해로 건너가서 사제 서품을 받았어요. 한국 천주교 사상 최초의 신부가 탄생한 것이지요. 서품을 받은 뒤 김대건 신부는 페레올 주교, 다블뤼 신부 등과 함께 조선으로 들어와 전국을 돌며 천주교 전파에 힘썼어요.

하지만 1846년에 체포를 당해 40여 차례의 모진 고문을 받다가, 같은 해 9월 16일에 새남터에서 반역죄로 처형되었어요. 조정은 김대건 신부의 장례를 치르지 못하게 했어요. 후에 신자들의 노력으로 순교한 지 40일 만에야 땅에 묻히게 되었답니다.

탄압과 박해에도 굴하지 않고 자기가 믿는 신앙을 지키기 위해 목숨을 바치는 일을 순교라고 해요. 김대건 신부는 천주교를 지키기 위해 순교한 우리나라 최초의 신부였답니다.

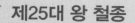

하룻밤 사이에 평범한 농부에서 왕으로

평범한 농부가 하룻밤 사이에 왕이 된다는 게 가능한 일일까요? 영화에서나 나올 법한 이야기가 조선에서 실제로 일어났답니다.

강화에 살던 농민 이원범은 믿을 수 없는 소식을 듣게 되었어요. 자신을 왕으로 모시겠다며 한양에서 사람들이 찾아왔거든요. 조부였던 은언군이 역적으로 몰리는 바람에 어릴 때 가족과 함께 강화에 유배되어 살아온 그는 19세가 되도록 글을 몰랐고 결혼도 하지 못했어요. 나무하기와 짚신 삼기 등 농사일밖에 모르는 순진한 청년이었지요. 그런 자신을 조선의 왕으로 삼겠다는 말에 덜컥 겁이 난 원범은 도망쳤어요. 그러나 찾아온 신하들의 설득에 결국 조선 제25대 왕으로 즉위하게 되었어요. 그가 바로 헌종의 뒤를 이어 조선의 왕이 된 철종이랍니다.

할 줄 아는 것이라고는 농사뿐인 그를 왕으로 즉위시킨 이유는 무엇이었을까요?

조선 제24대 왕이었던 헌종은 아들을 낳지 못하고 젊은 나이에 세상을 떠났어요. 대를 잇기 위해서는 입양을 해야 하는데 이에 알맞은 사람이 한 명도 없었어요. 당시 정권을 잡고 있던 안동 김씨 가문이 왕의 자손을 역적으로 몰아 모두 죽였기 때문이에요. 그러자 안동 김씨 가문은 헌종과 7촌 관계인 이원범을 순조의 양자로 올려서 왕위를 잇도록 했어요.

안동 김씨 가문이 이원범을 왕으로 추천한 이유는 따로 있었어요. 총명하지 못한 사람이 왕이 되어야 자신들이 권력을 유지할 수 있었거든요. 철종은 정치를 잘 몰랐기 때문에 순원 왕후가 대신 정치를 맡았어요. 그리고 안동 김씨인 김문근의 딸이 철종의 비가 되면서 정권은 김문근의 손으로 넘어갔지요. 안동 김씨 가문의 부정부패는 더욱 심각해졌고 조선의 정치는 나날이 나빠졌어요.

철종은 강화도 생활을 많이 그리워했다고 해요. 건강했던 철종은 궁궐에 들어온 후 병을 얻게 되었고, 결국 이른 나이에 세상을 떠나고 말았답니다.

<농가월령가>

농부들의 주제가, <농가월령가>

밭과 논을 서로 절반이 되도록 힘대로 하오리라.
일 년의 풍년과 흉년을 예측하지는 못한다 해도
사람의 힘을 다 쏟으면 자연의 재앙을 면하나니,
제각각 서로 권면하여 게을리하지 마라.

(중략)

예로부터 이른 말이 농업이 근본이라.
배 부려 일을 삼고, 말 부려 장사하기, 전당 잡고 돈 꿔 주기,
장날에 이자 놓기, 술장사 떡장사며, 주막 차리고 가게 보기.
아직은 잘살지만 한 번을 실수하면 거지 빚쟁이 살던 곳
남은 자취도 없다.

－<농가월령가> 중에서－

조선 후기 문인 정학유가 지은 〈농가월령가〉는 농가의 일과 풍속에 대해 노래하고 있어요. 1년 동안 농가에서 해야 할 농사에 관한 실천 사항이 자세히 기록되어 있지요. 농가의 1년 행사와 풍속을 달에 따라 노래하고 있답니다.

1년 열두 달을 차례대로 맞추어 나가며 읊은 시가 형식의 노래를 '월령가'라고 해요. 〈농가월령가〉는 월령가 중에서 가장 규모가 큰 작품이에요. 또 우리말 노래로 농업 기술의 보급을 처음으로 시도한 작품이라는 점에서 그 의의가 크답니다.

조선 후기에는 농업과 상업이 발달하고 있었어요. 특히 모내기법이 발달하면서 농업은 빠른 속도로 성장하게 되었지요. 농사를 열심히 지어 부자가 된 농민들도 많았어요. 이 때문에 〈농가월령가〉같이 농업을 강조한 가사가 유독 많이 만들어졌답니다. 농부들에게 농업을 장려하며 농가의 기술도 교류했던 것이지요.

아마도 〈농가월령가〉는 농민들이 농사의 시름을 잊고 풍성한 수확을 꿈꾸며 불렀던, 당시의 유행가였을지도 몰라요.

사람이 곧 하늘입니다

"사람이 곧 하늘이오!"

이 말 한마디로 조선의 백성들을 사로잡은 종교가 있어요. 바로 동방의 학문, 조선의 학문이라는 뜻의 동학이랍니다.

당시 조선에는 천주교가 널리 퍼지고 있었어요. 천주교는 평등 사상 때문에 백성들에게 환영을 받았지요. 하지만 우상을 숭배하지 말라는 교리를 따라 제사를 금지함으로써, 천주교의 확산을 우려하는 목소리가 나오기 시작했어요. 유교 질서로 이루어진 조선에서는 제사가 매우 중요한 일이었기 때문이에요.

1860년, 경주의 최제우는 새로운 종교를 만들었어요. 천주교, 즉 서학에 대항해 동학을 만들었지요. 동학에는 유교, 불교, 도교 그리고 민간 신앙이 융합되어 있고, 가장 중요하게 생각하는 교리는 '인내천' 사상이에요. '사람이 곧 하늘이다.'라는 뜻이지요. 모든 사람은 하늘처럼 존중받아야 할 귀한 존재라는 의미를 갖고 있어요. 그 외에도 세상이 멸망하고 새 세상이 열린다는 '후천 개벽', 나라를 돕고 백성을 편안하게 한다는 '보국 안민' 등의 교리를 주장하며 조정을 비판했어요.

조정에서는 천주교와 마찬가지로 동학을 탄압했어요. 양반 중심의 신분제를 부정하고 유교 질서를 어지럽혔다는 이유였지요. 그리고 세상을 어지럽혔다는 죄목으로 최제우를 처형했어요.

그럼에도 동학은 빠른 속도로 확산되었어요. 2대 교주가 된 최시형은 교리를 정리한 《동경대전》과 《용담유사》를 만들었어요. 그리고 교단을 정비해 전국으로 동학이 확산될 수 있도록 노력했어요. 이후 동학은 농민들의 입장을 적극적으로 반영하면서 성장했답니다.

동학은 단순한 종교가 아니었어요. 어지러운 조선 사회 질서를 바로잡고 외세의 침략에 대항하는 등 사회 운동적 성격을 갖고 있었지요. 훗날 동학은 천도교라고 이름을 바꾼 뒤 민족 운동을 주도하게 된답니다.

〈대동여지도〉

전국을 걸어다니며 만든 지도가 아니라고요?

　김정호가 〈대동여지도〉를 만들기 위해 조선 8도를 세 번이나 돌고 백두산을 여덟 번 올라갔다는 이야기는 꽤 유명해요. 얼마 전까지는 초등학교 교과서에 실리기도 했지요. 이 이야기는 조선 총독부가 발행한 《조선어독본》이라는 책에 나왔어요. 조선 총독부는 일본이 우리나라를 점령하기 위해 세운 기구예요. 그들은 김정호의 〈대동여지도〉를 깎아내리기 위해 근거도 없는 이야기를 지어낸 거예요.

　김정호는 평생을 지도 만들기와 지리학 연구에 몰두했어요. 그 결과 〈대동여지도〉, 〈청구도〉 등 여러 지도를 만들었지요. 특히 〈대동여지도〉는 그의 천재성을 보여 주는 지도랍니다. 가로 20센티미터, 세로 30센티미터의 지도첩 22개로 구성되어 있어요. 크기는 크지만 접을 수 있어서 휴대하기도 편리해요. 또 접혀진 22개의 지도를 따로 떼어 낼 수도 있기 때문에 필요한 지역의 지도만 가지고 다니면 되어요. 또한 목판으로 만들어져 몇 장이든 찍어 낼 수도 있고요.

그 덕에 지도의 대중화에도 큰 기여를 했어요.

〈대동여지도〉의 위대함은 이뿐이 아니랍니다. 김정호는 지도 안에 그린 도로망에 10리마다 방점을 찍어서 거리를 파악할 수 있게 했어요. 또 지도표라는 범례를 만들어 다양한 내용을 간략한 기호로 표시했어요. 지도가 목판으로 만들어졌기 때문에 세세한 내용을 그리기가 어려웠거든요. 도로와 하천을 혼동하지 않기 위해 도로는 단선으로 그렸어요. 산은 끊어짐 없이 산줄기를 연결해 그렸고요. 산줄기의 굵기를 달리해 산세를 표현했지요.

당시 조선의 과학은 다양한 분야에서 많은 성과를 거두고 있었어요. 조선 방방곡곡을 돌아다니지 않아도 지도를 제작할 수 있을 만큼 지리학 역시 뛰어났지요. 하지만 일본은 그런 점들을 모두 부정했어요. 김정호 혼자만의 힘으로 지도를 만들었다고 왜곡한 거예요. 이는 조선의 과학을 깎아내리기 위한 일본의 계획이었답니다.

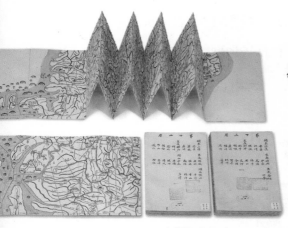

〈**대동여지도**〉의 일부분

삼남의 농민들이여, 일어나라!

"탐관오리들은 들어라! 그간의 잘못을 인정하고 앞으로 그러지 않겠다고 약속하라!"

남자의 말이 끝나자 백성들이 함성을 질렀어요. 그는 바로 유계춘이었어요. 겁에 질린 관리는 머리를 조아리며 용서를 빌었어요.

평안도에서 홍경래가 대규모 농민 봉기를 일으켰음에도 나라의 정치가 바뀌지 않자, 전국 곳곳의 농민들이 봉기하기 시작했어요. 철종 13년인 1862년, 경상도 진주에서 봉기가 시작되었어요. 조선의 세금 제도인 삼정의 문란으로 불

만이 많았던 농민들은 경상 우병사 백낙신이 재산을 강제로 빼앗자 폭발하고 말았지요.

유계춘은 농민 운동을 계획했어요. 그는 양반이었지만 경제적으로 매우 가난했어요. 때문에 가난한 농민의 마음을 이해할 수 있었지요. 유계춘은 봉기를 알리는 내용을 한글로 발표했어요. 백성들은 머리에 흰 수건을 두르고 농기구를 손에 쥔 채 관아로 몰려갔어요. 아전과 양반 지주의 집을 습격하고 진주성을 점령했어요.

봉기의 불길은 경상도와 전라도, 충청도를 중심으로 확대되어 전국적으로 확산되었어요. 무려 70여 곳에서 봉기가 일어났어요. 이것을 철종 때인 임술년에 전국적으로 일어난 농민 봉기라 하여 임술 농민 봉기라고 불러요.

봉기의 규모가 커지자 위기를 느낀 조정은 박규수를 보내 진상을 파악하게 했어요. 박규수는 봉기의 원인이 삼정의 문란에 있다고 확신했어요. 박규수의 건의에 따라 조정에서는 삼정의 문란을 개혁하기 위해 삼정 이정청을 설치했어요. 또 암행어사를 파견해 관리들을 감시하게 했어요. 하지만 오래가지 못했어요.

농민 봉기는 큰 성과는 거두지 못했지만 농민들의 사회 의식이 성장했다는 점에서 의의를 찾을 수 있어요. 사회적 불만을 표출하고 자신들의 권리를 위해 대항할 줄 알게 되었으니까요.

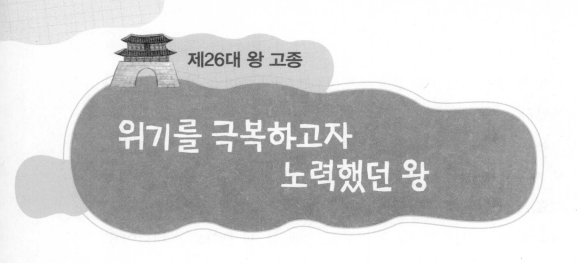

위기를 극복하고자 노력했던 왕

조선 제26대 왕 고종은 흥선 대원군의 둘째 아들이에요. 철종이 자식 없이 세상을 떠나자, 조 대비는 고종을 12세에 왕위에 올렸어요. 어린 나이 때문에 조 대비가 수렴청정을 했고 나중에는 흥선 대원군이 권력을 잡았어요.

1873년 11월, 고종은 비로소 직접 정치를 주관하게 되었어요. 그러나 당시 조선의 상황은 좋지 않았어요. 외세가 개방을 요구하며 지속적으로 찾아왔고, 왕비 명성 왕후의 일족인 민씨 가문이 권력을 키워 가고 있었지요. 명성 왕후와 흥선 대원군의 사이도 좋지 않았어요.

1875년, 고종은 일본과 강화도 조약을 맺었어요. 개방을 하지 않는다는 통상 수교 거부 정책을 버리고 개화 정책을 시작한 거예요. 일본에 조사 시찰단을 파견하여 새로운 문물을 둘러보게 하고, 신식 군대인 별기군을 만들어 군대를 개혁했어요.

한편 청일 전쟁에서 승리한 일본은 조선의 정치에 관여하기 시작했어요. 일본의 세력이 커지자 러시아와 독일, 프랑스가 일본을 견제했어요. 명성 왕후는 이를 틈타 러시아를 끌어들였지요. 조선에 친러 세력이 생기자 일본은 명성 왕후를 시해했어요. 위협을 느낀 고종은 1896년 2월에 세자와 함께 러시아 공사관으로 피신했다가 1897년 2월에 경운궁으로 돌아왔어요. 그리고 대한 제국을 선포하며 황제 즉위식을 가졌어요. 떨어진 나라의 위신을 바로 세우고 자주성을 알리기 위함이었지요.

그러나 1905년에 일본의 강압으로 을사조약이 체결되어 외교권을 빼앗기면서 대한 제국은 위태로워졌어요. 을사조약의 부당함을 알리기 위해 힘썼지만 일본의 방해로 실패하고 말았지요. 게다가 고종 황제는 강제 퇴위까지 당했어요.

1910년, 우리나라는 결국 일본에 강제로 나라를 빼앗겼어요. 덕수궁에서 남은 인생을 보내던 고종은 1919년 1월 21일에 세상을 떠났답니다.

흥선 대원군은 왜
연기를 했을까요?

"술을 더 가져오란 말이다!"

한 남자가 술에 취해 고래고래 소리를 질렀어요. 사람들은 그를 보며 손가락질했지요.

"저기 궁 도령이 납시었구먼."

"상갓집 개 아니랄까 봐 매일 술이니, 원! 가문이 아깝네그려."

사람들은 그를 이름 대신 '궁 도령'이나 '상갓집 개'라고 불렀어요.

'이놈들, 내가 지금은 이래도 곧 권력의 중심에 서게 될 것이다.'

어느 누구도 그의 속마음을 알아채지는 못했어요.

궁 도령, 상갓집 개라는 별명을 가진 이 남자가 누구냐고요? 그는 후에 흥선 대원군으로 불리게 된 이하응이에요. 조선 제26대 왕인 고종의 아버지이기도 하지요. 그런데 왜 이하응은 사람들에게 비웃음을 샀던 걸까요?

당시 조선은 안동 김씨 가문이 권력을 잡고 있었어요. 그들은 다양한 죄목을 씌워 왕이 될 만한 인물들을 제거했어요. 이하응은 인조의 셋째 아들 인평 대군의 8대손으로, 왕권과 가까운 왕족은 아니었어요. 하지만 그의 아버지 남연군이 정조의 이복형제인 은신군의 양자로 들어가면서 왕가에 가까워졌지요.

철종이 아들 없이 세상을 뜨면서 안동 김씨 가문은 왕족들을 견제했어요. 철종처럼 정치를 잘 모르는 사람이 왕이 되기를 원했지요. 이하응은 안동 김씨 가문의 견제를 받지 않기 위해 일부러 정치에 관심 없는 척 방탕한 생활을 했던 거예요.

하지만 이하응의 모습은 이것이 다가 아니었어요. 그는 뒤로 조용히 대왕대비 조씨와 손을 잡았어요. 당시의 왕은 조 대비의 아들인 헌종이었지만, 모든 정권은 시어머니인 순원 왕후가 쥐고 있었어요. 이 때문에 조 대비는 순원 왕후의 친정인 안동 김씨 가문에게 설움을 갚을 날만 기다리고 있었지요. 그래서 철종이 사망하자 조 대비는 이하응과의 약속대로 그의 둘째 아들을 왕위에 올렸어요. 그가 바로 고종이에요.

이하응은 아들이 왕이 되면서 흥선 대원군에 봉해지게 됨으로써, 그의 세상이 드디어 시작되었답니다.

양반들은 왜 흥선 대원군을 욕했을까요?

"백성을 해치는 자는 공자가 다시 살아난다 해도 내가 용서하지 않을 것이다. 서원은 지금 도적놈들의 소굴일 뿐이다!"

흥선 대원군의 명령에 따라 나라 안 서원들은 허물어졌어요. 양반 유생들의 불만은 극에 달했어요. 신하들은 나라가 혼란에 빠질까 걱정하여 흥선 대원군에게 간청했어요.

"서원은 선현의 제사를 받드는 곳이니 명령을 거두어 주십시오."

하지만 흥선 대원군은 크게 화를 냈어요.

"지금 서원의 꼴을 보고도 그런 소리가 나오는가!"

흥선 대원군이 서원을 폐지한 이유는 부정부패가 심했기 때문이에요. 서원은 양반 유생들이 유교를 공부하고 선현의 제사를 지내는 곳이었어요. 제자도 양성했기 때문에 유학의 발전에 큰 도움이 되는 기관이었지요. 하지만 서원이 늘어나면서 순수한 목적은 변해 갔어요. 특히 왕으로부터 인정받은 서원은 여러 가지 특권을 갖게 되었지요. 세금도 내지 않았고, 노비와 책도 지원받았어요. 양반들은 서원을 통해 붕당을 만들기도 했어요. 결국 흥선 대원군은 47군데만 남기고 전국에 있는 서원을 모두 없애 버렸어요.

흥선 대원군은 또한 재정 확보를 위해 호포제를 실시했어요. 영조 때 실시된 균역법 이후 16세에서 60세의 남자들은 의무적으로 군포 1필을 세금으로 내야 했어요. 하지만 농민들은 관리들의 횡포로 몇 배의 군포를 내고 있었지요. 이런 폐단을 없애기 위해 흥선 대원군은 각 집을 기준으로 포를 내는 호포제를 시행했어요. 그러자 그동안 군포를 내지 않던 양반들이 반발했어요. 양반들도 세금을 내면서 재정은 어느 정도 확보되었지만, 서원 철폐와 더불어 시행된 호포제에 양반들의 불만은 커져만 갔답니다.

철폐되지 않고 남은 **도산 서원**의 광명실

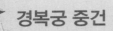

경복궁 중건

경복궁이 강제 기부금으로 지어졌다고요?

홍선 대원군은 어린 고종 대신 권력을 잡고 왕권을 강화하기 위하여 힘썼어요. 우선 세도 정치의 중심에 있는 안동 김씨 가문의 세력을 쫓아냈어요. 그리고 임진왜란 때 훼손된 경복궁을 고쳐 짓겠다는 계획을 발표했지요. 하지만 경복궁을 고쳐 짓기 위해서는 돈이 많이 필요했어요. 세도 정치로 세금 수탈을 경험했던 백성들은 이 계획이 반갑지 않았어요.

"세금이 부족하면 더 거두어들이라."

홍선 대원군은 부족한 돈을 해결하기 위해 '원납전'이라는 기부금을 거두었어요. 하지만 이 역시 백성들의 심기를 건드렸어요. 원납전이란 이름 그

상평통보 **당백전**

대로 '원해서 내는 돈'이어야 하는데 거의 강제적으로 거두었거든요. 사람들은 원납전을 '원성을 사는 돈'이라고 불렀어요.

또한 흥선 대원군은 부족한 돈을 마련하기 위해 '당백전'이라는 동전도 찍어 냈어요. 당백전은 상평통보의 100배의 가치를 지닌 동전이에요. 약 6개월 동안 1,600만 냥의 당백전이 발행되었어요. 갑자기 늘어난 돈 때문에 물가가 치솟았답니다.

그뿐이 아니었어요. 백성들은 공사에도 동원되었어요. 농사일 하랴, 궁궐 공사에 참여하랴, 백성들의 생활은 더 고단해졌어요.

결국 경복궁 중건은 모든 사람에게 비난을 받는 정책이 되었답니다.

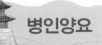

145년 만에 돌아온 문화재가 있다고요?

서양 열강은 원료 공급지와 상품 시장을 확보하기 위해 군함을 앞세워 아시아 여러 나라를 침입하고 있었어요. 조선에도 개화의 바람이 불고 있었지만 흥선 대원군은 이런 분위기가 못마땅했어요.

마침 조선은 러시아의 세력 확대로 골머리를 앓고 있었어요. 조선의 천주교도들은 조선, 프랑스, 영국 세 나라가 동맹을 맺으면 나폴레옹 3세의 위력으로 러시아의 남하 정책을 막을 수 있으니 프랑스 선교사를 만나게 해 달라고 요청했어요.

하지만 이 계획은 이루어지지 못했어요. 조정에서는 러시아의 통상 요구가 오래전 일이라 큰 걱정을 할 필요가 없다고 주장했어요. 관료들이 천주교도들을 비난하자 흥선 대원군은 프랑스 선교사를 탄압하기로 했어요. 9명의 프랑스 선교사와 수천 명의 천주교도들을 처형했지요. 이것이 1866년 '병인박해'예요. 이 사실을 알게 된 프랑스는 7척의 군함을 보내 강화도를 점령했어요. 하지만 한성근과 양헌수 부대가 문수산성, 정족산성에서 연이어 프랑스군을 격퇴시켰어요. 이 사건을 '병인양요'라고 해요.

이로 인해 외규장각 도서가 불에 탔어요. 외규장각은 1782년에 정조가 왕실 관련 서적을 보관할 목적으로 강화도에 세운 것이었어요. 프랑스는 외규장각 도서 중 의궤류와 고문서들을 약탈해 갔어요. 이는 1975년, 프랑스 국립 도서관 사서로 일하던 박병선 박사에 의해 알려졌어요. 우리나라는 프랑스에 외규장각 도서 반환을 요청했어요. 1993년에 '교환 기본 원칙'이 합의되었고 한 권이 반환되었어요. 이후 2010년 G20 정상 회의에서 우리나라는 프랑스와 외규장각 도서를 5년 단위로 연장하는 대여 방식에 합의했어요. 296권 모두 반환되었지만 대여이기 때문에 온전히 돌아온 것은 아니에요. 2011년에는 '145년 만의 귀환, 외규장각 의궤'라는 제목으로 국립중앙박물관에서 특별 전시회가 열렸어요. 프랑스 국립도서관 창고에 있던 외규장각 의궤가 145년 만에 우리나라 국민들에게 선보인 것이지요.

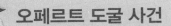

오페르트 도굴 사건

흥선 대원군 아버지의
무덤이 파헤쳐졌다고요?

"그 소문 들었나? 어쩜 그리 해괴망측한 일이 다 있는지."

조선 안팎은 최근에 일어난 사건으로 떠들썩했어요. 사람들은 모이기만 하면 그 이야기를 했지요.

"그러게 말일세. 아무리 그래도 그렇지, 어떻게 무덤을……."

1868년, 조선에서는 큰 사건 하나가 일어났어요. 바로 남연군묘 도굴 사건이었지요. 독일의 상인 에르스트 오페르트가 충청도 덕산에 있는 남연군의 묘를 도굴하려다 실패한 사건이에요. 독일인 오페르트는 무엇 때문에 무덤을 파헤치려 했던 걸까요?

오페르트가 이런 일을 한 이유는 조선이 통상을 거절했기 때문이에요. 통상이란 나라들 사이에 서로 물품을 사고파는 것을 말해요. 그는 두 번이나 조선에 통상을 요구했지만 흥선 대원군은 완강히 거절했어요. 이에 화가 난 오페르트는 1868년 4월, 100여 명의 사람들과 배를 타고 조선으로 들어왔어요.

98

"조선 사람들은 조상을 매우 중요하게 생각하니 시체를 가지고 흥정을 해 보자."

그는 흥선 대원군의 아버지인 남연군의 묘를 파헤칠 계획을 세웠어요. 시체를 꺼내 흥선 대원군과 흥정을 할 생각이었지요.

오페르트는 몇 명의 사람들과 함께 묘가 있는 산으로 올라갔어요. 그러고는 남연군의 묘를 파헤치기 시작했어요.

"이거 꽤 힘들군."

"이러다 들키겠어!"

무덤은 쉽게 파지지 않았어요. 날은 점점 밝아 오고 있었지요. 결국 그들은 파헤치던 무덤을 두고 도망쳤어요. 이를 발견한 충청 감사는 오페르트를 잡아들이라 명령했지만 찾지 못했어요.

이 사건으로 인해 흥선 대원군은 서양에 대한 반감이 더욱 커졌어요. 천주교에 대한 탄압도 심해졌지요. 결국 흥선 대원군은 조선의 문을 더 굳건하게 닫았답니다.

전국 각지에 비석을 세우라!

절두산에 있는 **척화비**

오페르트 도굴 사건 이후에도 외세는 끊임없이 조선에게 통상을 강요했어요. 1866년에는 미국의 상선 제너럴셔먼호가 대동강을 거슬러 올라와 통상을 요구했어요. 조선이 거부하자 그들은 평양으로 들어와 민가를 약탈했어요. 평양의 관민들은 분노하며 제너럴셔먼호를 불살라 버렸지요. 이 사실을 알게 된 미국은 함대를 보내 강화도를 공격했어요. 이를 '신미양요'라고 해요.

하지만 어재연 장군의 활약으로 미군은 철수하게 되었어요.

신미양요까지 일어나자 홍선 대원군은 다른 나라와의 통상을 거부하는 쇄국 정책을 알리기 위해 비석을 세우기로 결심했지요. 그것이 바로 '척화비'예요.

　　서양 오랑캐가 침범할 때
　　싸우지 않는 것은 곧 화해하는 것이요,
　　화해를 주장하는 것은 나라를 파는 것이다.

　　서양이 조선에 침입했을 때 반드시 싸워야 하며, 싸우지 않고 통상하는 것은 나라를 파는 행동이라는 뜻이에요. 흥선 대원군은 척화비를 세워 외세와 통상하지 않겠다는 굳은 의지를 알렸어요.
　　흥선 대원군의 쇄국 정책은 장단점이 있었어요. 외세의 침략으로부터 나라를 지켜 냈다는 점에서 자주적 성격을 갖고 있었지만, 이로 인해 조선의 근대화가 늦어졌다는 비판을 받기도 했어요.
　　이후에도 외세는 조선을 찾아와 수교를 요구했어요. 흥선 대원군이 정권을 고종에게 넘겨주면서 조선의 상황은 크게 변했지요. 가장 큰 변화는 조선의 개화 정책이었어요. 흥선 대원군은 척화비를 세우면서까지 수교를 거부했지만 조선은 개화의 물결에서 자유로울 수 없었어요. 결국 외세와 근대적 조약까지 맺게 된답니다.

강화도 조약

조선에서는 범죄를 저질러도 괜찮아!

1875년, 일본 군함 운요호가 강화도 앞바다에 침입했어요. 조선의 수비대는 일본 군함을 향해 경고 사격을 했어요. 일본은 이를 빌미로 조선에게 개항을 요구했어요.

당시 조선 안에서는 개화의 바람이 불고 있었어요. 흥선 대원군으로부터 권력을 넘겨받은 명성 왕후는 이전과는 다른 방법으로 정치를 꾸리기 시작했어요. 흥선 대원군이 외세와 절대 수교할 수 없다는 위정척사 사상을 주장했지만 명성 왕후는 달랐어요. 그녀는 조선의 발전을 위해서라면 개방을 해야 한다고 생각했어요.

흥선 대원군의 기세에 눌려 꼼짝할 수 없었던 개화파들은 정권이 바뀌자 자신들의 목소리를 내기 시작했어요. 결국 조선은 일본과 최초의 근대적 조약인 '강화도 조약'을 맺게 되었어요. 하지만 내용은 조선에 매우 불리한 조항들뿐이었어요.

제4관: 부산과 두 항구를 개방하고 일본인이 자유롭게 와서 통상할 수 있게 한다.

제7관: 일본국 항해자가 조선의 해안을 자유롭게 측량하도록 허가한다.

제10관: 일본국 국민이 조선국 항구에서 죄를 범한 것이 조선국 국민에게 관계되는 사건일 때에는 모두 일본국 관리가 심의한다.

4관에 따라 조선은 부산과 원산, 인천의 세 항구를 강제로 개방했어요. 이로 인해 일본 상인들이 조선으로 들어와 조선 상인들은 일본 상인들과 경쟁해야 했어요. 또한 7관에 따라 일본은 조선의 해안을 마음대로 조사하고 측량하게 됨으로써 조선 침략의 발판을 마련할 수 있었지요. 10관에 따라 일본인이 조선의 항구에서 범죄를 저질러도 조선이 아닌 일본에 가서 재판을 받게 되었고요. 특히 7관과 10관은 조선에게 매우 불평등한 내용이었어요. 이 때문에 강화도 조약을 불평등 조약이라고 불러요.

강화도 조약이 체결되면서 조선은 미국, 영국, 독일, 러시아, 프랑스 등과 수교하게 되었어요. 그들과의 조약도 조선에게 불리한 내용들뿐이었답니다.

두묘를 제조하라

'마마'라고 불리던 전염병을 알고 있나요? 호랑이보다 더 무섭다고 알려진 마마는 급성 전염병이에요. 흔히 천연두라고 부르지요. 1879년, 조선에서는 천연두가 급속히 퍼지기 시작했어요. 천연두에 걸리면 열이 나고 얼굴에 종기와 물집이 생기는데 심하면 죽음에 이르기도 했어요. 이 때문에 전국의 수많은 어린 아이가 생명을 잃어야 했어요.

천연두를 예방하기 위해서는 예방 접종을 해야 했답니다. 하지만 조선의 의학 기술은 매우 부족했어요. 이를 해결하기 위해 고민에 빠진 한 사람이 있었으니 바로 지석영이에요. 지석영은 천연두로 조카딸을 잃었어요. 한의학을 공부하던 그는 어떻게 하면 천연두를 예방할 수 있을까 고민했어요.

'종두법만 알 수 있다면……'

지석영은 3년 전 스승에게 들었던 종두법을 떠올렸어요. 종두법은 천연두를 예방할 수 있는 예방 접종이었어요. 스승이었던 한의사 박영선이 일본에서 《종두귀감》이라는 책을 가지고 왔는데, 거기에는 우두 종두법에 대한 내용이 적혀 있었어요.

수소문 끝에, 지석영은 종두법을 알고 있는 사람이 부산에 있다는 이야기를 들었어요. 그는 약 20일을 걸어 일본 해군제생병원을 찾아갔어요. 그의 열정에 감탄한 원장은 종두법을 가르쳐 주었어요. 약 두 달간 열심히 공부하고 연구한 끝에, 지석영은 마침내 두묘 접종 방법을 배우게 되었어요. 두묘란 소의 몸에서 뽑아낸 면역 물질을 뜻해요.

지석영은 처가에 들러서 2세의 어린 처남에게 처음으로 두묘 접종을 해 주었어요. 그 마을의 아이들 40여 명에게도 두묘 접종을 해 주었고요. 결과는 성공적이었어요. 다만 두묘가 많지 않다는 것이 문제였어요. 많은 사람에게 접종하려면 두묘가 많이 필요했지요.

그러자 지석영은 두묘 제조법을 배우기 위해 수신사 수행원 자격으로 일본에 건너갔어요. 그리고 두묘 제조법을 익히고 조선으로 돌아와 적극적으로 종두법을 실시했답니다.

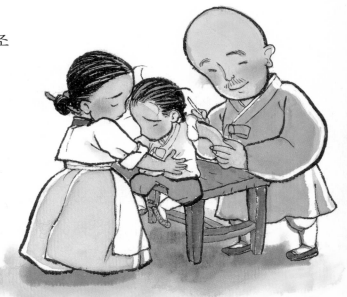

영남 만인소

왕에게 전해진 만 명의 편지

"《조선책략》을 유포한 김홍집을 처단하셔야 하옵니다!"

"전하, 외세와 통상하는 것은 나라를 팔아먹는 것이옵니다!"

많은 사람이 궁궐 앞에 엎드려 외치고 있었어요. 그들은 유생들이었어요.

"영남의 유생들이 상소를 올렸사옵니다."

엄청난 양의 상소문을 보자 왕은 머리가 지끈 아팠어요.

전국의 유생들이 너도나도 반대하는 그것은 무엇이었을까요?

106

개화파인 명성 왕후가 정권을 잡으면서 조선의 정책도 빠르게 변했어요. 고종과 명성 왕후는 외세와의 수교를 나쁘게 생각하지 않았어요. 많은 개화론자도 서양의 발달된 문물을 받아들여야 한다고 주장했지요.

하지만 유학을 공부한 유생은 외세와 가까이 지내는 것을 반대했어요. 그들은 바른 것은 지키고 나쁜 것은 배척한다는 뜻의 '위정척사' 운동을 펼쳤어요. 그들은 서양과 일본을 똑같은 오랑캐라고 여겼어요. 그래서 1860년대에는 흥선 대원군의 쇄국 정책을 지지했고 1870년대에는 강화도 조약 체결에 반대하는 운동을 펼쳤지요.

1880년, 일본을 방문한 김홍집은 《조선책략》이라는 책을 가지고 돌아왔어요. 이 책에는 당시 남하하고 있던 러시아에 대한 견제 방법이 담겨 있었어요. 조선이 러시아를 견제하려면 중국, 미국, 일본과 힘을 합해야 한다는 것이었어요.

이 책을 본 많은 유생은 격렬하게 저항했어요. 개화 정책을 중단해야 한다고 주장했지요. 그들은 왕에게 자신들의 주장을 담은 상소문을 자주 올렸어요. 그중 대표적인 상소 운동이 바로 '영남 만인소' 사건이에요. 영남 지방의 많은 유생이 조정의 개화 정책에 반대하는 글을 써서 왕에게 올린 것이랍니다.

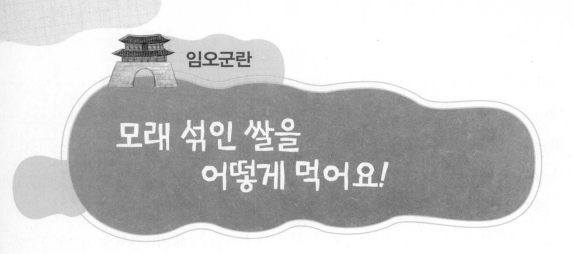

모래 섞인 쌀을
어떻게 먹어요!

1882년, 조선에는 신식 군대인 별기군이 탄생했어요. 당시 조선은 개화 정책을 추진하고 있었어요. 통리기무아문이라는 개화 정책 추진 기구도 만들고, 일본과 중국, 미국 등에 시찰단을 파견하기도 했어요. 별기군도 개화 정책의 일환으로 만들어진 것이었어요.

나라에서는 별기군에 대한 지원을 아끼지 않았어요. 그러다 보니 원래 있던 구식 군대에 대한 관심은 줄어들 수밖에 없었어요. 구식 군대는 별기군보다 낮은 대우를 받았지요.

당시 조선의 경제 상황은 좋지 않았어요. 강화도 조약 이후 항구가 개방되면서 일본 상인들이 조선의 쌀을 일본으로 많이 가지고 갔거든요. 쌀이 부족해지자 쌀값은 폭등했어요. 이 때문에 백성들의 생활은 더 어려워졌지요. 일본에 대한 반감은 더욱 심해졌고요.

구식 군인에 대한 대우도 더 나빠졌어요. 군인들은 급료로 쌀을 받았는데, 구식 군대는 제때 급료를 주지 않았지요. 게다가 밀린 급료로 준 쌀에는 겨와 모래가 섞여 있었어요. 군인들은 분노를 참을 수 없었어요. 그래서 봉기하기로 마음먹었어요. 여기에 조정에 불만을 갖고 있던 도시 하층민까지 가세했어요. 그들은 조정 고관과 일본인 교관을 살해하고 궁궐과 일본 공사관을 습격했어요. 이를 '임오군란'이라고 해요.

임오군란이 일어나자 명성 왕후는 청나라에 도움을 요청했어요. 청의 간섭으로 임오군란은 진압되었어요. 이를 계기로 청은 조선에 더 많은 관여를 하게 되었지요. 그리고 조선은 일본에게 배상금을 주고 일본 군대가 서울에 머무르는 것을 허락하는 제물포 조약을 맺었어요.

임오군란은 개화파와 위정척사파 간의 대립이자, 당시 조선 사람이 처한 생활의 어려움을 여실히 보여 주는 사건이라 할 수 있답니다.

살아 있는 사람의 장례식이라고요?

"중전은 죽었다!"

1882년, 흥선 대원군은 명성 왕후의 사망을 공식적으로 발표했어요. 백성들은 갑작스러운 소식에 놀랄 뿐이었어요. 하지만 명성 왕후가 죽었다는 말은 거짓이었지요. 흥선 대원군은 자신의 며느리이자 조선의 왕비인 명성 왕후의 죽음을 왜 거짓으로 발표했을까요?

1863년에 고종 대신 권력을 장악한 흥선 대원군은 세도 정치의 폐단을 바로잡기 위해 많은 개혁을 추진했어요. 지지를 얻기도 했지만

110

경복궁 중건이나, 서원 철폐처럼 비판을 받은 정책도 있었어요. 특히 서원 철폐는 호포제와 더불어 유생들의 반발을 불러일으켰어요.

결국 흥선 대원군은 정권에서 물러났어요. 고종이 직접 나라를 다스리게 된 것이지요. 하지만 권력은 그의 부인인 명성 왕후에게 집중되었어요. 명성 왕후의 외척 가문인 민씨 일파가 권력을 휘어잡게 된 거예요. 민씨 일파는 통리기무아문을 설치해 개혁을 실시했어요. 신식 군대 별기군을 창설하고, 근대 무기소인 기기창도 만들었지요.

그러자 별기군에 밀려 차별을 받던 구식 군대는 불만을 품고 임오군란을 일으켰어요. 많은 조선의 하층민이 합세해 궁궐로 쳐들어왔지요. 사태가 커지자 고종은 흥선 대원군에게 사태 수습을 맡겼어요. 정권에서 물러난 지 8년 만에 흥선 대원군은 다시 정권에 복귀할 수 있었어요. 그는 자신과 정책 방향이 다른 명성 왕후에 대해 감정이 좋지 않았어요. 그래서 정권에 복귀하자마자 명성 왕후가 죽었다고 거짓 발표를 하고 장례를 치른 것이에요.

하지만 명성 왕후도 가만있지는 않았어요. 청나라의 이홍장에게 흥선 대원군을 납치하도록 부탁했어요. 조선의 정치에 더 간섭하길 원하던 청은 부탁을 흔쾌히 수락했어요. 결국 청으로 납치당한 흥선 대원군은 톈진에서 4년간 갇혀 살다가 조선으로 돌아와 재집권을 노렸지만, 고종과 명성 왕후에 밀려 기회를 잡지 못했어요.

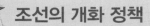

미국으로 떠난 조선의 사신들

1883년 9월 2일 아침, 민영익을 포함한 11명의 젊은이들이 미국의 샌프란시스코 항에 도착했어요. 샌프란시스코의 신문은 '조선에서 파견된 최초의 사절단'이라며 이들의 방문을 보도했어요. '보빙사'라고 불린 이들은 미국에 파견된 사절단이었어요. 보빙사는 답례로서 외국을 방문한다는 뜻이에요.

이들은 샌프란시스코에서 기차를 타고 시카고로 향했어요. 그리고 약 8일간의 기차 여행 끝에 미국의 아더 대통령에게 고종의 서찰을 전달했어요. 이들이 이렇게 먼 길을 떠나온 이유는 오직 한 가지, 선진 문물을 배우기 위해서였어요.

고종은 개화 정책을 추진하기 위해 새로운 문물을 배울 필요가 있다고 느꼈어요. 그래서 일본에 조사 시찰단을 파견했어요. 이들은 일본의 산업 시설과 박물관, 군대 등을 조사했어요. 청나라 톈진에는 김윤식을 포함한 69명의 사절단인 영선사를 파견했어요. 이들은 신식 무기의 제조 및 사용 방법을 배워 왔지요. 그 후 서울에 최초의 근대 무기 제조 공장인 기기창이 설치되었답니다.

미국에 파견한 보빙사 역시 40여 일간 미국 각지를 둘러보았어요. 그들은 기차를 타고 미국의 공공 기관과 병원, 전신 회사, 소방서, 우체국, 해군 기지 등을 시찰했어요. 그리고 보빙사는 1883년 11월 10일에 조선으로 돌아왔어요.

조선으로 돌아온 민영익은 이렇게 말했다고 해요.

"어둠의 세계에서 태어나 빛의 세계로 갔다가, 다시 어둠의 세계로 돌아온 기분이다."

미국의 발전된 모습이 그에게는 엄청난 충격이었던 거예요. 그들의 마음속에 개화의 불길은 더 거세게 피어올랐어요. 그 마음은 약 1년 후 갑신정변이라는 사건으로 나타난답니다.

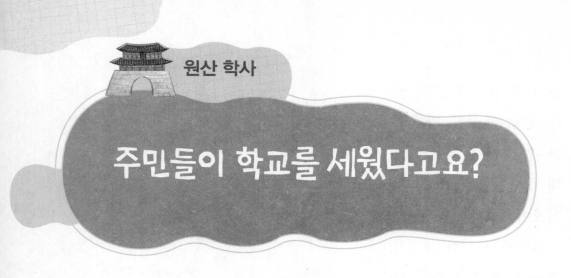

주민들이 학교를 세웠다고요?

열강의 간섭으로 몸살을 앓던 조선은 나라를 지키기 위해 무엇을 해야 하는지 고민에 빠졌어요. 그중 하나가 바로 교육이었답니다.

개화파들은 열강의 침략에 대비하고 나라의 독립과 발전을 지키기 위해서는 신지식을 배워야 한다고 주장했어요. 교육을 통해 인재를 길러 내야 한다고 생각했던 거예요. 그래서 그들은 근대 학교를 세우는 것을 매우 중요하게 생각했어요.

우리나라 최초의 근대 학교는 1883년 함경남도 원산에 세워진 '원산 학사'예요. 원산은 강화도 조약에 의해 강제로 개방된 항구 도시였어요. 이 때문에 이곳 주민들은 일찍부터 새로운 문물을 경험할 수 있었고, 근대 교육에 대한 관심도 많았어요. 그래서 원산 감리 정현석은 마을 주민과 힘을 합쳐 우리나라 최초의 근대 학교이자 사립 학교인 원산 학사를 세웠답니다.

원산 학사는 다른 지역에 사는 학생이라도 수업료만 내면 입학이 허락되었어요. 문예반과 무예반이 만들어졌는데, 이는 일본 때문이 었어요. 개항을 한 원산에는 일본 사람이 많이 들어와 있었어요. 그들은 자주 조선 사람들에게 무례하게 굴었어요. 이에 대비하기 위해 무술을 배울 수 있는 무예반을 만들었던 거예요. 문예반과 무예반은 모두 산수와 물리, 기계 기술과 농업 등을 배웠어요. 일본어 같은 외국어와 각 나라의 지리에 대해서도 공부할 수 있었지요.

원산 학사를 시작으로 우리나라에는 근대식 학교들이 세워지기 시작했어요. 같은 해에 관립 학교인 '동문학'이 개설되었어요. 동문학은 통역관을 양성하는 영어 학교였어요. 1886년에는 우리나라 최초의 공립 학교인 '육영 공원'도 설립되었고요.

교육의 발전은 인재를 길러 내고 나라의 미래를 개척한다는 점에서 매우 중요하지요. 특히 원산 학사는 주민들이 스스로 개화의 변화에 대응했다는 점에서 큰 의의를 갖는답니다.

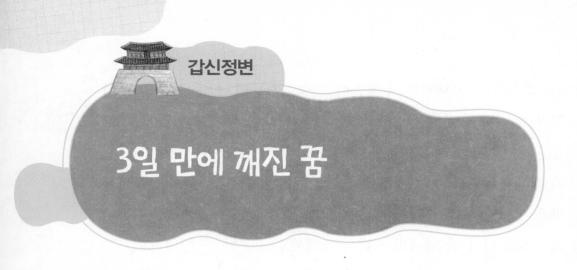

3일 만에 깨진 꿈

1884년, 3일 동안 커다란 이상을 품고 혁명을 꾀했던 사람들이 있었어요. 그들은 바로 급진 개화파예요.

조선의 개화파는 급진 개화파와 온건 개화파로 나뉘었어요. 둘은 개방을 해야 한다는 점에서는 뜻이 같았지만 개혁 방향에는 많은 차이가 있었지요. 온건파는 조선의 제도와 사상 등 유교 전통 질서 는 지키되 서양의 기술만 수용하자고 주장했어요. 급진파는 기술뿐 만 아니라 제도와 사상까지 모두 받아들여야 한다고 했지요.

명성 왕후는 온건 개화파의 주장을 지지했어요. 서양의 제도와 사상을 받아들일 경우 조선의 왕조 역시 흔들릴 수 있었거든요. 김 옥균, 박영효 등의 급진파는 자신들의 요구가 무시되자 혁명을 해야 겠다고 마음먹었어요. 이들은 이미 근대화에 성공한 일본에게 미리 도움을 요청해 놓았지요.

정변은 우정총국 개국 축하연 때 이루어졌어요. 우정총국은 조선에 최초로 설립된 우체국이에요. 조정 고관들도 많이 참석했지요. 이 연회에서 급진파들은 민씨 일파를 없애고 개화당 정부를 세웠어요. 그리고 14개 조 개혁안을 발표했어요.

"우리는 주장한다. 청나라에 대한 조공을 폐지할 것! 문벌을 폐지하고 인민을 평등하게 할 것! 조세 제도를 개혁할 것!"

이 정변을 '갑신정변'이라고 해요. 갑신정변은 근대 국가 건설을 위한 최초의 정치 개혁 운동이었어요. 하지만 일본이 도와주지 않고 청이 또다시 끼어들게 되면서 그들이 이루고자 했던 새로운 정부는 3일 만에 끝나고 말았답니다.

갑신정변이 헛되이 실패한 이유는 백성의 지지가 없었기 때문이에요. 14개 조 개혁안에는 정작 백성들에게 가장 필요한 토지 개혁이 없었어요. 그리고 일본에 너무 의지했다는 점도 문제였지요. 결국 김옥균과 박영효 등 일부 개화파들은 위험을 피해 일본으로 도망가야 했답니다.

거문도 사건과 조선 중립화론

거문도를 점령하라!

러시아!
때문에 그래~

갑신정변이 끝난 뒤 청나라의 간섭은 더욱 심해졌어요. 조선은 청을 견제하기 위해 러시아를 선택했어요. 당시 러시아는 얼지 않는 항구를 확보하기 위해 아래로 내려오는 남진 정책을 펴고 있었지요. 그런 상황에서 조선이 손을 내밀었으니 싫지만은 않았어요.

러시아와 통상 조약을 맺은 뒤 조정 안에는 친러 세력이 생겨나기 시작했어요. 이러한 움직임은 여러 나라를 긴장시켰어요. 특히 러시아와 대립 관계에 있던 영국은 더욱 불안해졌지요. 영국은 조선과 가까워지는 러시아를 견제하기 위한 대책을 마련했어요.

118

"조선의 거문도를 점령하라!"

1885년, 영국은 전라남도 남해안에 있는 거문도를 불법으로 점령했어요. 이 사건을 '거문도 사건'이라고 해요. 나라에서는 즉각 영국에 항의했지만 영국은 거문도에 군대를 주둔시켰어요. 러시아는 청에 사건 중재를 요청했어요. 영국은 러시아로부터 조선의 영토 어느 곳도 점령하지 않겠다는 답을 받아 냈어요. 그리고 2년 만인 1887년에야 영국 함대는 거문도를 떠났지요.

당시 러시아, 청, 일본, 영국 등 조선을 위협하는 세력들은 너무 많았어요. 조선의 미래가 어떻게 될지 어느 누구도 장담할 수 없었지요. 그러자 조선을 중립화하자는 이야기가 나오기 시작했어요. 개화파였던 유길준과 독일 부영사 부들러는 강대국의 틈바구니 속에서 조선이 살아남을 수 있는 방법은 그것뿐이라고 생각했어요. 조선을 중립국으로 만들어 러시아의 남하를 견제하고 조선을 둘러싼 다툼을 막아야 한다고 생각한 것이지요.

중립화란 주변 강대국들과의 대립이 심한 지역에 있는 나라를 국제 분쟁의 대상에서 떼어 놓는 것을 말해요. 당시 조선은 주변의 강대국들 사이에서 위협을 받고 있었기 때문에 중립화를 하면 어느 나라의 간섭도 받지 않고 독립을 유지할 수 있을 거라고 생각했던 거예요. 하지만 이러한 주장은 실현되지 못했어요.

비록 조선 중립화론은 실패했지만, 조선의 미래를 위해 얼마나 다양한 고민이 있었는지 엿볼 수 있는 부분이랍니다.

노비 문서를 불태우라!

전라도 고부에 조병갑이라는 군수가 있었어요. 그의 폭정이 어찌
나 심했던지 고부 사람들은 조병갑이라는 이름만 들어도 혀를 내둘
렀어요. 결국 참다못한 농민들은 고부 관아를 습격해 조병갑을 쫓
아내고 조정에 하소연했지요. 하지만 조정은 오히려 조병갑의 편을
들어주었어요. 그리고 관아를 습격한 주도자를 찾아 처벌했지요. 농
민들은 불만이 더욱 심해졌어요. 전봉준과 김개남
등이 앞장서서 이들을 이끌고 백산에서 봉기
했어요. 이것이 바로 1894년에 일어난
'동학 농민 운동'이에요.

그들은 나라를 돕고 백성을 편안
하게 한다는 '보국안민'과, 폭정
을 없애고 백성을 구원한다는
'제폭구민'을 내걸고 관군과 싸

120

웠어요. 황토현 전투에서 승리한 농민군은 전주성까지 점령했지요.

불안해진 조정은 청나라에 도움을 요청했어요. 그러자 일본도 군대를 이끌고 조선으로 들어왔어요. 톈진 조약 때문이었지요. 톈진 조약은 갑신정변이 끝난 뒤 청과 일본이 맺은 것으로, 조선에 군대를 보낼 경우 상대국에게 미리 알리자는 내용이었어요. 이 조약 때문에 두 나라의 군대가 조선에 들어온 것이지요.

일본 군대까지 들어오자 더욱 불안해진 조정은 이들을 내보내기 위해 집강소 설치 등 농민군의 요구를 들어주는 조건으로 '전주 화약'을 맺고 해산했어요. 그 뒤 전라도 각지에 집강소를 설치해 폐정 개혁안 12개 조를 만들었지요. 탐관오리는 그 죄목을 조사하여 엄하게 벌할 것, 노비 문서는 불태워 버릴 것, 천인의 대우를 개선하고 백정 머리에 쓰는 패랭이를 없앨 것, 왜와 남몰래 통하는 자는 엄하게 벌할 것 등이 그 내용이에요.

하지만 약속과 달리 나라에서는 이 개혁안을 들어주지 않았어요. 농민군은 경복궁을 점령한 일본을 상대로 다시 봉기했어요. 일본을 먼저 내몰자는 생각이었지요. 그런데 관군은 오히려 일본군과 합세했어요. 결국 농민군은 우금치 전투에서 패했고, 동학 농민 운동은 실패로 끝났어요. 이들이 요구한 폐정 개혁안은 훗날 갑오개혁에 중요한 영향을 주었답니다.

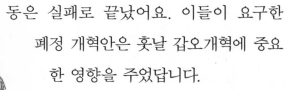

농민들이여 봉기하라!

"우리는 백성들을 도탄에서 건지고 국가를 반석 위에 두기 위해 모였다. 안으로는 탐학한 관리의 머리를 베고 밖으로는 횡포한 강적의 무리를 몰아내고자 한다. 조금도 주저하지 말고 지금 당장 일어서라!"

한 남자가 큰 소리로 격문을 읽었어요. 그의 목소리는 천지를 뒤흔들었어요. 1894년 5월 4일, 고부군 백산면에는 1만 3,000여 명의 사람들이 모여 있었어요. 모두 결연한 표정이었지요. 격문을 읽은 남자는 총대장 전봉준이었답니다.

1855년에 양반 가문에서 태어난 전봉준은 집안 형편이 어려워서 고부로 들어와 서당에서 아이들을

가르치는 등 여러 가지 일을 했지요.

호남 지방은 땅이 기름져 얻게 되는 농산물도 늘 풍성했어요. 하지만 부패한 관리들은 이를 이용해 자신들의 재산 쌓기에만 급급했어요. 당시 고부 군수였던 조병갑도 마찬가지였어요. 고부 백성들은 그의 횡포에 불만을 나타내고 억울함을 호소했지만 오히려 벌을 받았어요. 전봉준의 아버지 역시 이 일에 연루되어 매를 맞고 죽었어요.

전봉준은 참을 수 없었어요. 그는 사람들을 이끌고 고부 관아를 습격했어요. 그러자 조정에서는 이들의 조건을 들어주겠다며 전주 화약을 맺었지요. 하지만 약속은 지켜지지 않았고, 이에 화가 난 농민들은 다시 모였어요. 농민이 중심이었던 봉기는 동학교도들이 합세하면서 동학 농민 운동으로 확대되었어요.

전봉준은 일본 타도를 내걸고 농민군을 이끌었어요. 조선에 들어온 일본이 경복궁을 점령했기 때문이었어요. 일본으로부터 나라를 구해야 한다는 의지를 많은 농민에게 알렸지요. 하지만 관군과 일본군을 이겨 내기란 쉽지 않았어요. 결국 우금치 전투에서 패배하였고, 일본군에게 끌려간 전봉준은 사형으로 목숨을 잃었어요.

왜소한 몸 때문에 녹두라는 별명으로 불렸던 전봉준! 하지만 그의 기개와 신념만큼은 절대로 작지 않았어요. 백성과 나라를 위해 희생한 그의 정신은 어느 것보다 위대했답니다.

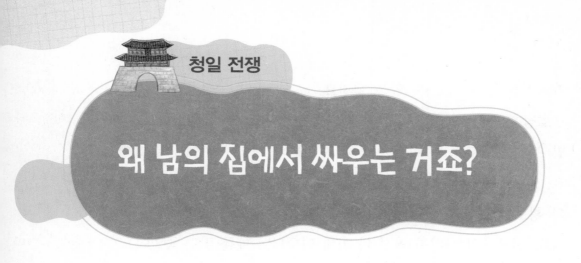

왜 남의 집에서 싸우는 거죠?

"일본은 당장 군대를 데리고 조선에서 나가시오!"

1894년, 8,000여 명의 일본군이 조선으로 들어왔어요. 조정에서는 대규모의 군대를 이끌고 들어온 일본에게 당장 항의했어요. 하지만 일본은 들은 체도 하지 않았어요.

일본은 어떻게 마음대로 조선에 들어올 수 있었을까요? 또 그들은 왜 조선에서 나가지 않았던 걸까요?

동학 농민 운동이 일어나면서 황토현 전투에서 승리한 농민군은 전주성마저 점령했어요. 널리 퍼지는 농민군을 보면서 조정은 청나라에 도움을 요청하기로 결정했어요. 이 결정이 큰 불씨가 되리라고는 생각하지 못한 채 말이지요.

청은 임오군란과 갑신정변 이후 조선에 더 깊숙이 관여하고 있었어요. 일본은 여전히 청에 밀리고 있었지요. 일본의 목표는 조선에서 청을 밀어내는 것이었어요. 이를 위해 일본은 갑신정변 이후 청과 톈진 조약을 맺었어요. 만약 조선에 군대를 보내게 될 경우 상대 국가에게 미리 알려야 한다는 내용이었어요.

　동학 농민군을 진압하기 위해 청에 군대를 요청하자, 일본 역시 톈진 조약을 빌미로 군대를 보냈어요. 청의 군대와 일본의 군대가 조선으로 들어오게 된 거예요. 조정은 당황했어요. 그리고 이들을 내보내기 위해 동학 농민군과 화해하기로 했지요.

　조정은 농민군과 전주 화약을 맺었어요. 그리고 일본에게 군대를 철수하라고 요구했지요. 하지만 일본군은 경복궁을 공격하고 청까지 쉽게 격파했어요. 평양과 황해에서 큰 승리를 거둔 일본은 청의 영토를 공격했어요. 청의 요동 반도를 함락하고 산동 반도까지 점령했어요. 결국 청일 전쟁은 일본의 승리로 끝났어요.

　이로써 청은 조선에서의 영향력을 모두 잃고 말았어요. 대신 조선은 일본의 지배 아래 놓이면서 더 큰 위협을 당해야 했답니다.

이제 모두 평등해요

사극을 보면 옛날에는 양반과 농민, 천민 등 다양한 신분이 있었다는 걸 알 수 있어요. 조선 시대까지만 해도 이러한 제도는 계속되었지요. 하지만 지금은 신분이 존재하지 않아요. 우리나라의 신분 계급은 언제부터 사라지게 된 걸까요?

조선이 근대적인 모습을 갖게 된 것은 갑오개혁 때예요. 이때 다양한 분야가 개혁되면서 정치, 사회, 경제 분야 등에서 많은 변화가 이루어졌어요. 신분 제도도 이때 없어졌어요. 노비를 사거나 파는 것도 금지되었어요. 남편을 잃은 과부는 재혼도 할 수 있게 되었어요. 여성이 자신의 삶을 스스로 선택하고 시작할 수 있다는 점에서 매우 큰 의미가 있었지요. 그 외에도 죄수를 벌하던 고문이 없어졌어요. 또 근대 학교도 많이 만들어졌지요.

이 같은 제도가 추진될 수 있었던 것은 군국기무처를 설치했기 때문이에요. 조정은 근대화의 의지를 갖고 개혁에 박차를 가하기 시작했어요. 근대화를 이룬다는 점에서 의의가 있지만 사실 아쉬운 점도 많 았답니다.

갑오개혁은 조선 조정의 순수한 의지로 이루어진 것은 아니었어요. 일본의 압력이 많이 있었지요. 조선 조정도 개혁의 의지가 있었어요. '교정청'이라는 개혁 기구를 설치해 개혁을 진행하고 있었어요. 하지만 일본이 교정청을 없애 버렸어요.

일본은 김홍집을 앞세워 내각을 세우고 군국기무처를 설치했지요. 그리고 김홍집이나 박영효 등 친일 인사들을 등용하면서 조선의 내정 을 간섭하기 시작했어요. 조선을 침략하기 쉬운 쪽으로 정책을 바꾸었 던 거예요.

농민들에게 가장 필요한 토지 제도 개혁은 전혀 이루어지지 않았어 요. 또 군사 개혁에도 소홀했어요. 결국 갑오개혁은 백성의 지지를 받 지 못했어요. 하지만 갑오개혁은 근대 국가 수립의 계기를 마련했다는 점에서 큰 의의가 있답니다.

을미사변

여우 사냥을 시작하라!

"여우 사냥을 시작한다."

어스름한 새벽, 경복궁으로 검은 그림자가 들이닥쳤어요.

"조선의 국모를 찾아라!"

일본에서 온 자객들은 왕비의 침실인 옥호루를 습격했어요. 여우 사냥은 명성 왕후의 암살을 뜻했어요.

"네놈들, 여기가 어디라고!"

놀란 왕비가 소리쳤어요. 하지만 그들은 왕비를 잔인하게 죽였어요. 그것도 모자라 시체를 태워 뒷산에 묻어 버렸어요. 자신들의 범죄를 완벽히 감추려는 수작이었지요. 하지만 일본의 만행은 조선뿐만 아니라 전 세계에 알려지게 되었어요.

1895년 10월 8일 새벽 5시, 일본에 의해 명성 왕후가 시해당한 이 사건을 '을미사변'이라고 해요. 일본은 청일 전쟁에서 승리한 뒤 조선에서의 우위를 확보했는데, 왜 이런 일을 벌인 걸까요?

일본은 청일 전쟁이 끝나면서 시모노세키 조약을 맺었어요. 그덕에 중국의 요동 반도와 대만을 얻게 되었지요. 그런데 승승장구하던 일본을 막는 세력이 나타났어요. 러시아와 프랑스, 독일이었어요. 그들은 일본의 대륙 침략 의도를 알아채고 이를 막기 위해 일본을 간섭했어요. 그리고 요동 반도를 돌려주라며 압박을 가했지요. 이를 '삼국 간섭'이라고 해요. 결국 일본은 요동 반도를 돌려주었어요. 이를 지켜보던 조선은 일본을 견제하기 위해 러시아를 이용하기로 마음먹었어요. 조선에는 친러 세력이 늘어났지요. 그래서 이를 두려워한 일본이 자신들의 세력을 다지기 위해 명성 왕후를 해친거예요. 러시아에 자신들의 힘을 과시하고, 조선의 우위를 확보하려는 속셈이었지요.

을미사변으로 인해 조선 안에서의 반일 감정은 더욱 커졌어요. 일본의 잔인한 행동은 국제적으로도 논란을 불러일으켰어요. 고종은 왕비를 잃고 오랫동안 슬픔에 빠졌어요. 그리고 자신도 위협을 느껴 궁궐을 떠나야 했답니다.

명성 왕후

조선 말 국정을 운영한 왕비

오오- 움직이지 마!

명성 왕후는 1851년 경기도 여주에서 영의정 민치록의 딸로 태어났어요. 그녀는 16세에 고종 비로 간택되었어요. 흥선 대원군이 고종의 비로 명성 왕후를 선택한 이유는 그녀의 집안이 마음에 들었기 때문이에요. 안동 김씨 가문의 세도 정치를 경험한 흥선 대원군은 힘이 강한 가문은 거절했어요. 명성 왕후의 집안은 그리 쟁쟁하지 않아서 왕의 자리를 위협할 만한 세력이 없었지요. 고종과 혼인한 명성 왕후는 16세에 왕비가 되었어요.

명성 왕후는 흥선 대원군의 처남 민승호를 자기편으로 끌어들였어요. 그리고 흥선 대원군의 형 이최응, 흥선 대원군의 큰아들 이재면을 고종의 지원군으로 만들었어요.

어른이 된 고종은 흥선 대원군으로부터 정권을 넘겨받았어요. 고종은 모든 국가 정책을 명성 왕후와 논의했어요. 명성 왕후와 고종은 흥선 대원군이 다시 정치에 관여하지 못하도록 자신들의 세력을 든든히 했어요. 또 흥선 대원군의 통상 수교 거부 정책을 없애고 외세와 외교 관계를 맺기 시작했지요. 고종을 움직여 일본과 강화도 조약을 맺게 한 것도 명성 왕후였어요.

1882년에 임오군란이 발생하자, 명성 왕후는 위협을 피해 궁궐을 탈출했어요. 하지만 청나라의 도움으로 다시 정권을 잡을 수 있었어요. 1884년에 급진 개화파가 갑신정변을 일으켰을 때에는 청군을 개입시켜 3일 만에 개화당 정권을 무너뜨렸어요. 또한 외교 정책을 많이 활용해서 일본을 견제하기 위해 러시아를 끌어들이기도 했어요. 조선에 친러 세력이 생기자 불안해진 일본은 1895년에 자객을 보내 명성 왕후를 시해했어요. 일본의 눈치를 보느라 명성 왕후의 장례식은 2년 뒤인 1897년 11월 21일에 치러졌어요. 그리고 고종이 대한 제국을 선포한 뒤 명성 왕후에서 명성 황후로 추대되었어요.

명성 왕후가 비극적인 죽음을 맞은 것은 슬픈 일이에요. 하지만 민씨 일파와 권력을 장악하고 백성의 세금을 수탈한 점, 동학 농민 운동 때 농민군을 진압한 일 등은 아직까지도 비판받고 있답니다.

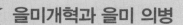

머리는 잘라도 머리카락은 자를 수 없다!

을미사변 이후 조선은 친일파를 중심으로 내각을 세우고 재빨리 개혁을 실시했어요. 이를 '을미개혁'이라고 해요.

내각 총리대신 김홍집은 을미개혁을 추진하라고 지시했어요. 을미개혁으로 인해 양력이 사용되고 종두법, 소학교 설립, 우편 제도 실시 등 다양한 정책이 시행되었어요. 그중 가장 반발이 심한 정책이 있었는데, 바로 단발령이었어요. 단발령은 상투를 잘라 머리를 짧게 만드는 것이었어요.

"머리는 잘라도 내 머리카락은 자를 수 없다!"

상투는 우리 민족의 오랜 전통이었어요. 상투를 자르라는 것은 우리 민족의 정신을 짓밟겠다는 의미였어요. 특히 양반 유생들의 반발이 심했어요.

"몸과 머리카락, 피부는 부모로부터 물려받은 것이다. 이를 함부로 훼손하고 다치게 하는 것은 불효와 같다! 우리보고 부모에게 불효를 하라는 것이냐!"

유생들은 분노하며 왕에게 상소를 올렸어요. 관리들도 관직을 그만두며 단발령 실시에 항의했어요. 조선 곳곳에서 무능한 조정을 비난했어요. 가뜩이나 을미사변으로 일본에 대한 감정이 좋지 않을 때였지요. 유생들은 단발령 시행을 두고만 볼 수 없다며 1895년에 을미 의병을 일으켰어요. 의병이란 나라가 외적의 침입을 당했을 때 민중 스스로 대항해 싸우는 것을 말해요. 을미년에 일어난 을미 의병은 유생들이 중심이 되었어요. 의병장도 유인석, 이소응 등 유생들이었어요.

"우리 국모의 원수를 생각하며 이를 갈았다. 그런데 부모에게서 물려받은 머리털을 풀 베듯이 베어 버리니 이 무슨 변고란 말인가!"

을미 의병이 일어나자 일본은 단발령을 철회했어요. 고종은 일본의 압력에 의해 의병을 해산할 것을 권고했지요. 왕의 명령으로 의병은 스스로 해산했어요.

을미 의병은 금방 수그러들었지만 훗날 등장하는 의병에게 많은 영향을 주었답니다.

차라리 내 목을 잘라라!

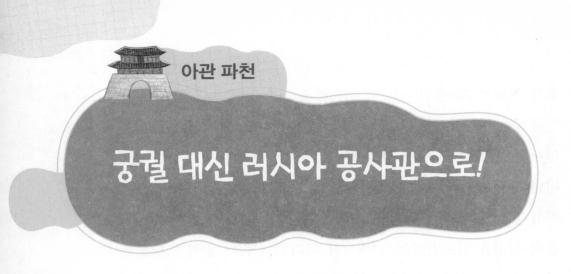

궁궐 대신 러시아 공사관으로!

"어찌 한 나라의 왕이 다른 나라의 공사관으로 갑니까!"

"일본의 압력을 벗어나기 위해서는 어쩔 수 없는 선택입니다!"

왕의 거취를 두고 신하들이 편을 나누어 다퉜어요.

명성 왕후가 시해되면서 고종 역시 신변의 위협을 느꼈어요. 조선 내에서 반일 감정은 극에 달해 있었지요. 친러파는 이를 틈타 러시아 공사관으로 고종의 거취를 옮기기로 결정했어요.

1896년 2월 11일 새벽, 러시아 공사 베베르와 결탁한 친러파는 고종과 왕세자 순종을 정동에 있는 러시아 공사관으로 몰래 옮겼어요. 이를 '아관 파천'이라고 해요. 고종은 이범진을 중심으로 친러파 조정을 구성했어요. 이로 인해 친일파들은 정권을 빼앗겼지요. 하지만 조선은 자연스레 러시아의 보호국이 되었어요. 일본의 압력에서 벗어났지만 러시아의 간섭을 받게 된 거예요.

고종이 궁궐을 비우자 이를 이용해 조선의 각종 이권을 빼앗으려는 나라들이 생겼어요. 이 때문에 하루라도 빨리 돌아와야 한다는 여론이 만들어졌지요. 고종이 궁궐로 돌아올 것을 많은 사람이 요구했어요. 그중에서도 독립 협회가 가장 적극적이었어요.

1897년 2월 25일, 결국 고종은 러시아 공사관을 떠났어요. 하지만 경복궁이 아닌 경운궁으로 돌아갔지요. 경운궁은 지금의 덕수궁이에요. 경복궁에서 명성 왕후가 시해되었기 때문에 고종은 섣불리 경복궁으로 돌아가지 못했어요. 일본의 위협으로부터 보호받을 수 있다는 생각에 주변에 러시아, 미국, 영국 공사관이 있는 경운궁으로 간 거예요.

다시 돌아온 고종은 잃어버린 자주성을 찾기 위해 많은 고민을 했어요. 궁궐을 비우면서 나라의 위신도 많이 떨어졌거든요. 고민 끝에 고종은 개혁을 하기로 결심했답니다.

노비와 양반이 마주 앉아 토론을 했다고요?

"러시아는 조선의 이권을 빼앗고 있습니다. 이를 방관하다가는 영토마저 빼앗길지 모릅니다. 러시아의 간섭을 견제해야 합니다."

종로 보신각에 모인 수많은 사람은 한 남자의 연설을 주의 깊게 들었어요. 1898년 3월에 열린 만민 공동회는 1만여 명의 사람들로 인산인해를 이루었어요. 그들은 당시의 문제들에 대해 진지하게 토론을 했고, 이 내용은 고스란히 고종에게 전달되었답니다.

만민 공동회는 독립 협회에서 주최한 토론회 및 연설회였어요. 신분에 관계없이 누구라도 참여할 수 있었지요. 실제로 천민 출신인 박성춘의 연설은 사람들에게 큰 호응을 얻었어요.

독립 협회는 서재필에 의해 세워졌어

《독립신문》

요. 미국에서 살며 근대화를 몸소 겪었던 그는 조선의 근대화에도 관심이 많았지요.

독립 협회의 목표는 나라의 자주와 독립, 국민의 자유와 권리, 나라의 부강이었어요. 그래서 '독립문'을 세우고 《독립신문》을 창간했어요. 독립문은 청나라의 사신을 맞이하던 영은문을 헐고 세운 것으로, 청으로부터 벗어나 자주적 사상을 고취한다는 의미였어요. 《독립신문》은 누구나 쉽게 읽을 수 있게 한글로 발행하였고, 영문으로도 발행하여 여러 나라에 조선의 실상을 알렸어요. 고종의 환궁을 계속 요구한 것도 독립 협회였어요.

하지만 이러한 개혁적인 성격 때문에 독립 협회는 보수파들의 시기를 받아야 했어요. 결국 왕을 내몰고 대통령제를 실시하려 한다는 모함을 받으며 1898년 12월에 강제로 해산당하고 말았지요.

독립 협회는 외세 배척을 러시아에만 한정했다는 점에서 비판을 받기도 했어요. 하지만 민중을 깨우치고 조선의 근대화에 힘썼던 훌륭한 정신은 이후로도 계속 이어져 나갔답니다.

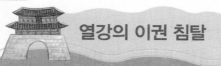

조선의 나무가
러시아의 것이라고요?

우리 집에 누군가 함부로 들어와 물건을 가져간다면 기분이 어떨까요? 안방과 마루를 차지하고 컴퓨터와 텔레비전을 마음대로 사용한다면요? 또 그것을 그에게 허락 맡고 써야 한다면 그것은 정당한 일일까요?

어느 누구도 우리 집에 함부로 들어올 수 없어요. 내 물건을 마음대로 사용해서도 안 되고요. 그것은 범죄예요. 그런데 이런 말도 안 되는 일이 나라 안에서 벌어졌답니다.

아관 파천으로 고종이 궁궐을 비우자, 이 틈을 타 조선의 이권을 빼앗으려는 세력들이 등장했어요.

"프랑스가 손대기 전에 우리가 가져와야 한다!"

"러시아를 저지하기 위해서는 꼭 빼앗아야 해!"

"영국도 눈독을 들이고 있다는군!"

강대국들은 너도나도 조선으로 들어왔어요. 그들은 어떻게 해서

든 자신들에게 이익이 될 만한 것들을 빼앗아 갔어요. 특히 그들이 눈독을 들인 것은 광산과 철도, 삼림이었어요.

러시아는 인천 월미도와 부산 절영도를 빌려 갔어요. 석탄을 저장하는 장소로 이용하기 위해서였어요. 또 압록강, 두만강, 울릉도의 나무를 베어 갈 수 있는 삼림 채벌권, 함경도의 자원을 가져갈 수 있는 광산 채굴권도 가져갔어요. 미국도 금광 채굴권을 가져갔어요. 전등과 전화 부설권도 가져갔어요. 프랑스는 철도 부설권을, 일본은 광산 채굴권과 철도 부설권을 챙겨 갔어요. 영국도 금광 채굴권을 획득했어요.

조선은 강대국들의 탐욕에 짓밟혀야 했어요. 조선의 자원은 조선의 것이 아니었어요. 그들은 마음대로 조선의 자원을 빼앗았어요. 철도가 부설되고 전등과 전화가 개설되어 편리해지기는 했지만 잃은 것이 훨씬 많았어요.

나중에 고종이 경운궁으로 돌아오고 개혁을 시도했지만 열강의 침탈은 멈추지 않았어요. 그들은 약한 조선을 이용할 뿐이었지요.

광무개혁

조선이 아니라 대한 제국이다!

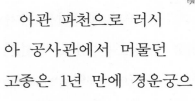

아관 파천으로 러시아 공사관에서 머물던 고종은 1년 만에 경운궁으로 돌아왔어요. 궁궐을 비운 탓에 나라의 자주성은 훼손되었어요. 고종은 고민 끝에 대한 제국을 세우기로 했어요. 자주독립 국가로서의 모습을 갖추어 국가의 자존심을 세우려는 것이었지요.

1897년 10월 12일, 고종은 환구단에서 황제 즉위식을 올렸어요. 그리고 대한 제국을 선포했어요.

"조선은 이제부터 대한 제국이다."

이로써 조선의 이름은 대한 제국이 되었어요. 고종도 황제가 되었고요. 고종은 연호를 '광무'로 정하고 광무개혁을 실시했어요. 옛것을 근본으로 삼고 새것을 참고하는 것을 광무개혁의 기본 정신으로 삼았어요.

대한 제국은 광무개혁을 통해 황제권을 강화했어요. 황제가 된 고종은 군사권, 입법권, 사법권, 외교권 등 모든 권한을 가졌어요.

또한 산업과 교육에 많은 신경을 썼어요. 토지를 가진 농민들에게 토지 소유권 증명서인 지계를 발급해 주었어요. 상공업 발전을 위해 공장과 회사를 세웠고 교통과 통신, 의료 분야 등 근대 시설을 도입했어요. 또한 실업 학교와 의학교, 외국어 학교를 세우고 외국에 유학생을 보내기도 했어요.

산업과 교육에 힘쓰고 농민들을 위해 토지 소유 제도를 확립했다는 점에서 광무개혁은 큰 의의를 갖고 있어요. 하지만 그 성과는 그리 오래가지 못했어요. 열강들이 삼림 채벌권이나 광산 채굴권 등 각종 이권들을 빼앗아 버렸거든요. 또 대한 제국의 보수적 지배층들은 이러한 개혁을 반대했어요.

비록 큰 성과는 없었지만 우리의 자주성을 보여 주었다는 데서 광무개혁은 큰 의미가 있답니다.

대한 제국 황제의 인장

우리나라 최초의 철도는 무엇일까요?

1899년 9월 18일, 우리나라에 처음으로 철도가 개통되었어요. 서울과 인천을 잇는 경인선 중 서울의 노량진과 인천의 제물포 사이가 우선 개통되었지요. 그 후 1900년 7월에 노량진과 서울역 사이가 개통되면서 서울과 인천이 완전히 이어졌답니다.

당시 사람들은 조랑말을 타거나 소나 말이 끄는 우마차 등을 타고 다녔어요. 그래서 먼 거리를 움직이기에는 많이 힘들었지요. 경인선은 많은 사람에게 놀라움과 편리함을 선물했어요.

철도를 처음 본 사람은 개화파들이었어요. 1876년에 일본에 다녀온 김기수는 처음 기차를 보고 받은 충격을 이렇게 표현했어요.

"구르는 소리가 우레와 같아 천지가 울리는 듯했다. 산과 나무가 움직이는 것 같았고 날던 새도 따라오지 못했다."

개화파들은 하루빨리 조선도 철도를 만들어야 한다고 주장했어요. 하지만 조선은 철도를 만들 돈도, 기술도 없었어요.

1896년 3월 29일, 미국인 제임스 모스는 조선 조정으로부터 철도 부설권을 얻어 냈어요. 하지만 자금이 충분하지 않자 그 권한을 일본에게 넘겼어요. 일본은 조선 조정과 협의하지 않고 모스와 불법적 계약을 맺었어요. 결국 경인선은 일본에 의해 만들어졌어요.

하지만 일본이 경인선을 만들어 준 이유는 좋은 의도가 아니었어요. 당시 일본은 대륙 침략을 준비하고 있었어요. 그래서 군인, 무기, 식량을 실어 나르기 위한 철도가 필요했던 거예요.

경인선이 만들어진 후 경부선, 경의선, 호남선, 장항선, 중앙선이 차례대로 만들어졌어요. 철도가 만들어지면서 큰 변화가 일어났지요. 사람과 물자의 이동이 편해졌고 철도 주변으로 도시가 발달했어요. 철도는 근대화의 상징적 요소로 떠올랐어요.

경인선은 편리함과 근대화라는 선물을 주었지만, 이면에는 일본의 대륙 침략이라는 나쁜 목적이 있었답니다.

을사조약

상인들은 왜 모두
상점 문을 닫았을까요?

아아, 분하도다! 타국인의 노예가 된 우리 2천만 동포여! 살았는가, 죽었는가! 단군 기자 이래 4천 년 국민 정신이 하룻밤 사이에 갑자기 멸망하고 말 것인가! 원통하고 원통하다! 동포여! 동포여!

-《황성신문》에 발표한 장지연의 논설 중 일부-

1905년 11월 17일, 상인들은 가게 문을 닫고, 학생들은 집단적으로 학교를 쉬었어요. 유생들은 황제에게 상소를 올렸고, 관료 민영환은 의정대신 조병세와 함께 자결을 했어요. 언론인이었던 장지연은 《황성신문》에 〈시일야방성대곡〉, 즉 '오늘 목 놓아 통곡하리'라는 제목으로 글을 썼어요.

을사조약이 체결된 **중명전**

도대체 그날 무슨 일이 있었던 걸까요?

1905년, 러일 전쟁에서 승리한 일본은 열강으로부터 대한 제국에 대한 지배권을 인정받았어요. 일본은 고종 황제에게 조약을 맺자고 요구했지만 거절당했어요. 급기야 고종 황제는 협상을 조정에 맡겼고 신하들이 회의에 참석했지요. 이하영, 한설규, 민영기는 조약에 반대했으나, 이완용, 이근택, 박제순, 이지용, 권중현은 찬성했어요. 이들 5명을 '을사오적'이라고 불러요. 고종 황제는 을사조약에 끝까지 옥새를 찍지 않았어요. 을사오적의 서명만 있을 뿐이었지요. 국제 조약에 필요한 지도자의 서명도 없고, 조약의 이름도 적혀 있지 않기 때문에 을사조약은 국제 조약으로 인정할 수 없어요. 하지만 일본의 강압에 의해 맺어졌어요.

을사조약으로 외교권을 빼앗은 일본은 대한 제국이 맺는 모든 협정과 조약을 대신할 수 있게 되었어요. 또 대한 제국의 내정을 간섭하는 통감부를 설치해 이토 히로부미를 통감으로 세웠어요.

을사조약은 일본의 강압에 의해 맺어진 강제 조약이었어요. 이 때문에 억지로 맺은 조약이라는 뜻의 '을사늑약'이라고도 한답니다.

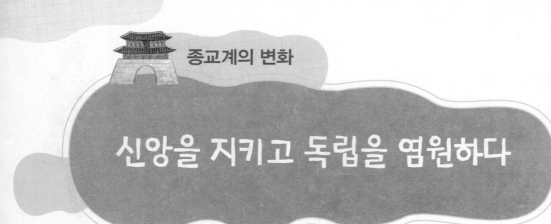

신앙을 지키고 독립을 염원하다

일본은 자신들의 제국을 굳건히 하기 위해 우리나라의 각 분야를 탄압했어요. 그들의 마지막 목적은 우리나라를 일본 천황의 지배 아래 두는 것이었어요. 그러기 위해서는 우리나라의 언어와 역사, 문화 등을 모두 탄압해야 했지요. 하지만 민중들은 절개와 기개를 가지고 격렬하게 저항했답니다. 자주독립을 위해 물심양면으로 노력하는 곳도 늘어났어요. 그중 하나가 바로 종교계였어요.

종교계는 자신들의 신을 섬기고 교리를 지키는 집단이지만 일제 강점기 때는 독립을 위해서도 힘썼어요. 1905년, 손병희는 동학의 제3대 교주가 되었어요. 그는 동학의 뜻을 이어받아 포교 활동을 계속했어요. 그런데 동학교도이자 교회 지도자였던 이용구가 친일 단체인 일진회에 들어가면서 손병희는 큰 충격을 받았어요. 이용구는 포교 활동에 누구보다 앞장섰던 사람이기 때문이에요. 그는 을사조약을 찬성하면서 친일파인 송병준과 함께 대한 제국은 일본의 보호를 받아야 한다는 '일진회 선언서'를 발표했어요. 손병희는 퇴색된 동학의 분위기를 수습하기 위해 동학을 천도교로 개명했어요. 또 이용구를 비롯해 일진회에 속해 있는 62명의 교도를 제명시켰어요. 그 후 천도교는 포교 활동은 물론 자주독립을 위해 노력했어요. 교육을 위해 800여 개의 강습소를 세우고 훗날 독립 전쟁에도 참여했답니다.

다른 종교들도 여러 가지 사회사업에 뛰어들었어요. 개신교는 오래전부터 교육에 관심이 많았어요. 그들은 학교를 세우고 학생들을 가르쳤어요. 천주교는 고아원과 양로원을 설립해 어려운 이를 도왔어요. 또 만주에서 무장 항일 투쟁을 전개하기도 했어요. 1909년에 나철이 창시한 대종교는 언론과 출판 사업을 하면서 자주독립을 도왔어요. 대종교는 단군을 숭배한다는 이유로 일본의 많은 탄압을 받았답니다. 그 외에도 저축과 남녀평등을 주장했던 원불교, 일본의 불교 통합 운동에 저항했던 불교 등 다양한 종교가 일본의 탄압에 맞섰어요.

많은 종교인이 목숨을 잃었지만 그들의 숭고한 희생은 아직도 기억되고 있답니다.

우리힘으로
독립을!!

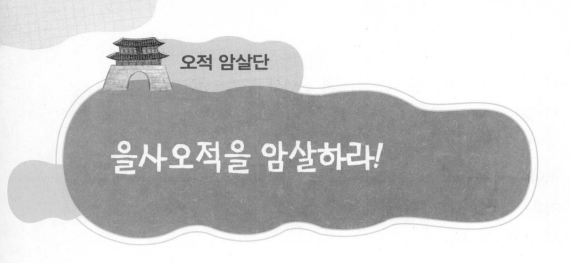

오적 암살단

을사오적을 암살하라!

을사조약 이후 일본에 협력하는 친일 단체들과 친일파들이 늘어나기 시작했어요. 그중 을사조약을 맺은 을사오적은 많은 이들의 표적이 되었어요. 이완용, 박제순, 이지용, 이근택, 권중현은 을사조약을 맺어 대한 제국이 외교권을 빼앗기고 일본의 보호국으로 전락하게 만든 장본인들이에요. 이들 다섯 명은 나라를 팔아먹은 매국노로 낙인찍혔지요.

이들에 대한 민중의 분노는 매우 컸어요. 당시 사람들은 을사조약에 대항해 의병을 일으켰고 양반들은 고종 황제에게 상소를 올리는 등 거센 반발을 일으켰어요. 그리고 을사오적을 처단해야 한다는 목소리가 나오기 시작했지요.

1905년 말부터 활동한 기산도라는 단체는 1906년 2월 16일에 을사오적의 한 명인 군부대신 이근택의 집에 숨어들어 거사에 성공했어요. 그는 또 다른 거사를 감행하다 체포되었어요.

"오적을 죽이려는 사람이 어찌 나 혼자뿐이겠느냐? 탄로 난 것이
그저 한스러울 뿐이다."

그는 분노하며 이렇게 말했어요.

1906년, 나철과 오기호, 서창보, 이홍래, 박대하는 오적 암살단을
만들었어요. 이들의 목표는 을사오적을 처단하는 것이었어요. 1907
년 3월 5일, 오적 암살단은 을사오적의 한 명인 권중현의 집 앞에
서 그를 기다리고 있었어요. 인력거를 탄 권중현은 총칼을 든 일본
순사들에 둘러싸인 채 지나가고 있었어요. 이때 이홍래가 권중현을
향해 방아쇠를 당겼어요. 하지만 총은 발사되지 않았어요. 결국 이
홍래는 일본 순사들에게 붙잡히고 말았지요.

오적 암살단은 이지용의 집으로 향했어요. 하지만 권중현의 사건
을 전화로 전해 들은 이지용은 일본에 보호를 요청했어요. 60여 명
의 순사들이 그의 집을 둘러싸고 있었지요. 이 때문
에 이지용의 암살 계획도 실패로
돌아가고 말았어요. 나머지 을
사오적의 암살도 모두 시
행하지 못했고요. 하지
만 이후에도 매국노들
을 향한 의거 활동은 계
속 이루어졌답니다.

이준 열사는 왜 호텔에서 목숨을 잃었나요?

네덜란드 헤이그 바겐 스트라트 124번지에는 이준 열사의 박물관이 있어요. 원래 그곳은 박물관이 아니라 이준 열사가 묵었던 호텔이었어요. 그는 그곳에서 눈을 감았답니다.

이준 열사는 왜 먼 이국 땅에서 목숨을 잃어야 했을까요?

을사조약이 체결되면서 대한 제국은 을사조약의 부당함을 알리기 위해 노력했어요. 그리고 네덜란드로 특사를 보냈지요. 네덜란드에서 만국 평화 회의가 열릴 예정이었거든요. 26개국의 대표가 참석하는 이 회의에 고종 황제는 일본 몰래 특사를 파견한 거예요. 을사조약은 불법이며 대한 제국의 황제가 인정한 조약이 아니라는 것을 알리기 위해서였지요.

특사 파견을 제의한 것은 이준 열사였어요. 이준은 애국 계몽가이자 독립운동가였어요. 그는 고종 황제에게 특사 파견을 허락받고 이위종, 이상설과 함께 네덜란드로 떠났어요. 하지만 일본과 영국의 방해로 회의에 참석조차 하지 못했어요. 특사들은 좌절했어요.

"이것이 무슨 만국의 평화 회의인가!"

이준은 울분을 토해 냈어요. 열강의 반응은 차가웠어요. 특사들은 답답한 마음에 회의장 밖에 서서 소리치며 대한 제국이 처한 상황을 알렸어요. 그러자 기자들이 하나둘 모여들었지요. 어떤 방법으로라도 을사조약의 부당함을 알리고 싶었던 거예요.

이준은 허탈한 마음으로 헤이그의 한 호텔에 묵었어요. 그리고 1907년 7월 14일, 호텔에서 갑작스러운 죽음을 맞이했어요. 만국 회의장에도 들어가지 못하는 등 분하고 억울한 일을 당하면서 평소 앓던 병이 나빠져서 그렇게 된 것이지요.

무거운 임무를 안고 조국을 떠나온 3명의 특사들은 결국 임무를 다하지 못했어요. 하지만 그들의 용기는 일본을 압박할 만큼 대단한 것이었답니다.

이것이 평화회의 입니까?

군대에서 쫓겨난 군인들

"고종을 퇴위시킨다! 그리고 대한 제국의 군대는 해산한다!"

일본은 자신들 몰래 네덜란드 헤이그로 특사를 보냈다는 이유로 고종 황제를 강제로 물러나게 했어요. 그러자 민중은 동요하기 시작했어요. 해산당한 군인들의 불만도 높아졌고요. 당시 군대 대장이었던 박승환은 스스로 목숨을 끊었어요. 이를 계기로 1907년에 의병 전쟁이 일어나게 되었는데, 이것이 바로 '정미 의병'이에요.

의병 전쟁은 이것이 처음이 아니었어요. 2년 전에도 을사조약에 반발하여 을사 의병이 일어났어요. 전직 관리와 양반 유생 그리고 평민까지 모두 합세해 의병을 일으켰지요. 신돌석이라는 평민 의병장까지 나타나는 등 점차 의병은 확대되었어요. 그런데 고종 황제가 퇴위당하고 군대가 해산하게 되자, 민중들이 들고일어났어요. 해산당한 군인들도 의병에 참여하면서 의병은 조직적이고 체계적으로 변해 갔어요. 이전보다 더 다양한 계층이 의병에 참여했어요.

의병은 13도 창의군을 결성했고 이인영이 총대장으로 추대되었어요. 그들의 목표는 일본군을 서울에서 몰아내는 것이었어요. 일본과 전투를 벌이던 중 이인영은 아버지의 사망 소식을 듣게 되었어요. 그는 지휘권을 부대장에게 맡긴 채 고향으로 내려가 아버지의 장례를 치렀어요. 13도 창의군은 양반 출신으로만 이루어진 부대였기 때문에 부모님의 장례는 꼭 치러야 할 의무였어요. 을사 의병의 평민 의병장 신돌석은 신분 때문에 서울 진공 작전에 참여하지 못했고요. 결국 서울 진공 작전은 실패하고 말았어요. 총대장이 없는 의병은 실패 후 전국으로 흩어졌지요.

정미 의병 이후 일본은 토벌 작전을 실시했어요. 의병을 모조리 없애겠다는 의도였어요. 일본군에게 밀린 의병은 잡혀가 고문을 당하거나 사형을 당했어요. 이 때문에 의병들은 많이 위축되었지만 나라를 지키겠다는 일념만큼은 변하지 않았어요. 그들은 조국을 떠나 만주나 연해주 등지로 이동해 독립운동을 계속했답니다.

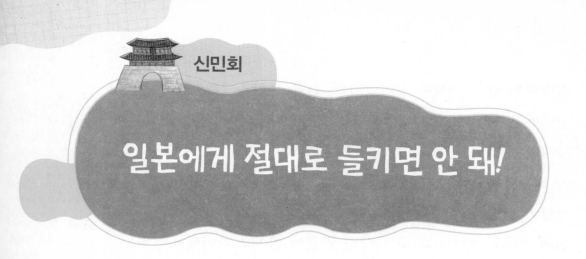

일본에게 절대로 들키면 안 돼!

"무작정 전쟁만 한다고 해결될 일이 아닙니다."

"맞습니다. 우선 힘을 길러야 합니다. 학교를 지어 배우게 하고 회사를 세워 경제를 성장시켜야 합니다. 실력을 쌓아야 독립을 할 수 있습니다."

독립운동가들은 독립을 위해서 교육과 산업을 발전시켜 민족의 실력을 쌓아야 한다고 생각했어요. 이를 애국 계몽 운동이라고 해요. 하지만 다르게 생각하는 사람들도 있었어요.

"투쟁을 해야 합니다!"

"맞습니다. 실력만 쌓는다고 일본이 물러나겠습니까? 투쟁을 통해 독립을 해야 합니다."

이처럼 계몽보다는 무장 독립 전쟁을 통해 독립을 해야 한다고 주장하는 독립운동가들도 있었어요. 독립에 대한 생각이 서로 전혀 달랐지요. 그런데 이 생각들을 모두 받아들인 단체가 있었답니다.

바로 신민회였어요.

　신민회는 1907년에 세워졌어요. 보안회와 대한 자강회 등 애국 계몽 단체들이 일본에 발각돼 모두 강제 해체당했기 때문에 비밀리에 만들어졌지요. 안창호와 이승훈, 양기탁 등이 중심이 된 이 단체는 자주독립과 국권 회복을 목표로 삼았어요.

　신민회는 대성 학교와 오산 학교를 세워 민족 교육에 힘썼어요. 태극 서관과 자기 회사를 운영하며 민족 자본을 육성하기도 했지요. 또 《대한매일신보》를 찍어서 사람들을 깨우쳤어요. 그들은 만주 삼원보에 신흥 무관 학교를 세워 독립군을 길러 냈어요. 이는 독립 전쟁의 터전을 만들기 위함이었어요. 이처럼 신민회는 애국 계몽 운동과 무장 투쟁의 성격을 모두 갖고 있었어요.

　신민회 회원들은 일본에 발각되지 않기 위해 많은 노력을 했어요. 하지만 일본은 데라우치 총독 암살 사건을 조작해 신민회 회원들을 대거 체포했는데, 이를 '105인 사건'이라고 해요. 결국 1911년에 신민회도 해체되고 말았어요.

　신민회는 다른 단체들과 달리 애국 계몽 운동과 무장 투쟁을 같이했다는 점에서 의의가 있답니다.

동양 척식 주식회사

빼앗기 위해
설립된 회사라고요?

이천만동포여!
분투하라!

1926년, 의열단 소속 나석주는 동양 척식 주식회사를 습격했어
요. 그는 그곳에 소속된 일본인들을 총으로 쏘고 폭탄을 던졌지요.
일본 경찰 수십 명에게 쫓기던 나석주는 더 이상 갈 곳이 없게 되
자 스스로 가슴에 권총을 쏘았어요.

그가 자신을 희생하면서까지 없애려 했던 동양 척식 주식회사는
어떤 곳이었을까요? 그가 그렇게까지 한 이유는 무엇일까요?

1908년, 일본은 을지로에 동양 척식 주식회사를 세웠어요. 그러

면서 그 목적을 다음과 같이 말했어요.

"대한 제국의 산업과 자본을 키우고 개발하기 위함이다."

하지만 진짜 이유는 따로 있었답니다.

17세기 영국, 프랑스, 네덜란드 등 유럽 강대국은 인도, 동남아시아와 무역하고 그 이익을 독점하기 위해서 동인도 회사를 만들었어요. 특히 영국은 인도를 식민 지배하기 위해 동인도 회사를 세웠어요. 그리고 인도에서 나는 생산물을 독차지했어요.

그래서 일본도 영국의 동인도 회사를 본떠 동양 척식 주식회사를 만든 거예요. 대한 제국의 토지와 금융, 산업을 장악하는 것이 진짜 목적이었지요. 그들은 대한 제국의 기름진 땅을 강제로 사서 일본 사람들에게 매우 싼값에 팔았어요. 땅을 갖게 된 일본 사람들은 높은 소작료를 받으며 우리나라 사람들에게 땅을 빌려 주었어요. 땅을 빼앗긴 농민들은 울며 겨자 먹기로 소작농이 될 수밖에 없었지요. 또한 쌀을 일본으로 빼돌려서 대한 제국은 자주 식량 부족에도 시달려야 했어요. 수확량이 늘어나도 일본은 더 많은 양의 쌀을 요구했지요.

동양 척식 주식회사는 대한 제국 사람들의 미움을 받았어요. 나석주가 이곳에 폭탄을 던진 것도 이런 이유 때문이었어요. 일제 강점기 내내 동양 척식 주식회사는 대한 제국의 경제를 휘둘렀어요. 그러다 일본이 패망하면서 함께 사라졌답니다.

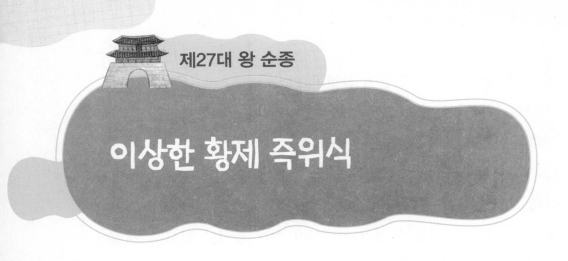

이상한 황제 즉위식

조선의 제27대 왕 순종은 대한 제국의 마지막 황제예요. 그는 고종과 명성 황후의 둘째 아들로 1875년 2월 세자에 책봉되었어요. 1897년 대한 제국이 세워지면서 황태자에 책봉되었고요.

고종 황제의 반대에도 불구하고, 1907년 7월 20일 서울의 덕수궁 중화전에서는 대리인들만 참석한 황위 계승식이 거행되었어요. 고종 황제를 몰아내고 순종을 올려 대한 제국을 침략하려 했던 일본의 계획이었어요. 그들은 신문에 이 계승식을 발표해서 마치 고종이 스스로 순종에게 황제의 자리를 물려준 것처럼 꾸몄어요.

그리고 8월 27일, 순종 황제의 즉위식이 덕수궁 돈덕전에서 거행되었어요. 즉위식장에는 각계각층의 사람들이 모였어요. 일본은 참석자들에게 서구식 복장과 단발을 요구했어요. 친일파인 이완용이 축하 인사를 낭독했어요. 순종은 일본의 압력에 의해 육군 대장 차림을 해야 했어요. 짧은 단발을 하고 서양식 차림을 한 황제 순종,

이는 분명 어색한 모습이었어요.

　일본은 순종의 황제 즉위식을 통해 자신들의 야욕을 드러냈어요. 순종은 일본이 세운 황제이며, 대한 제국은 일본의 지배 아래 있다는 것을 전 세계에 알린 것이었지요. 일본에 의해 어머니를 잃고 부인마저 떠나보내야 했던 순종은 본인 역시 강제로 황제가 되어야 했어요.

　이후 순종은 일본의 압력으로 한일 신협약을 맺었어요. 통감부의 권한은 강해졌고 일본인 관리가 채용되었어요. 또 일본에 의해 대한 제국의 군대가 강제 해산되었어요. 그리고 1908년에 동양 척식 주식회사가 세워지면서 대한 제국의 경제는 일본의 손아귀에 들어가게 되었어요. 결국 1910년 8월 29일 대한 제국은 일본에 의해 국권이 빼앗기고 말았어요. 일본의 감시 아래 일생을 보냈던 순종은 1926년 4월 25일에 창덕궁에서 쓸쓸히 생을 마쳤답니다.

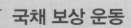

국채 보상 운동

우리 모두 담배를 끊읍시다!

　1997년, 우리나라는 외환 위기를 맞았어요. 나라 빚이 무려 1,500만 달러에 이르렀어요. 여러 기업이 망하고 은행들도 줄줄이 파산했어요. 엄청난 실업자가 만들어졌어요. 결국 IMF에 자금 지원을 요청하게 되었지요. 이때 국민들이 나라를 위해 한 일이 '금 모으기 운동'이었어요. 그런데 그전에도 나라를 위해 금 모으기를 했다는 걸 알고 있나요?

　1907년, 대구에서 나라 빚을 갚자는 운동이 일어났어요.

"나라를 구해야 합니다! 그러기 위해서는 일본에 진 빚을 갚아야합니다. 우리 모두 담배를 끊고 술을 끊읍시다! 작은 돈이라도 한푼 두 푼 모읍시다!"

당시 대한 제국은 일본에게 빚을 지고 있었어요. 일본은 근대화를 한다는 명목으로 강제로 우리에게 돈을 빌려 준 뒤 철도를 깔고 도로를 만들고 건물을 짓게 했어요. 당시 대한 제국이 진 빚은 1,300만 원이었어요.

그러자 대구에서 서상돈을 중심으로 일본에 진 빚을 갚자는 국채 보상 운동이 일어나기 시작했어요. 그들은 국채 보상 기성회를 조직하고 《황성신문》과 《대한매일신보》의 도움을 받았어요. 이 운동은 곧 전국으로 널리 퍼졌어요. 남자들은 담배와 술을 끊어 돈을 모았어요. 여자들은 패물을 내놓기도 했어요. 이러한 노력으로 600만 원이 모였어요. 빚을 갚기에는 턱없이 모자란 돈이었지만 사람들의 애국심을 북돋우는 데 큰 역할을 했지요.

국채 보상 운동이 전국적으로 퍼지자 일본은 방해를 하기 시작했어요. 국채 보상 기성회 간사인 양기탁을 보상금 횡령이라는 누명을 씌워 붙잡아 갔어요. 결국 국채 보상 운동은 실패로 돌아가고 말았어요.

하지만 이 운동을 통해 나라를 구하고자 했던 우리 민족의 열렬한 마음을 확인할 수 있었답니다.

간도 협약

일본은 왜 간도를 청나라에 넘겨주었을까요?

우리 땅을 다른 나라가 마음대로 팔아 버린 기막힌 사건이 있었어요. 독립운동의 근거지이자 삶의 터전이었던 간도가 바로 그렇게 된 거예요.

을사조약으로 대한 제국은 일본에 외교권을 빼앗겼어요. 대한 제국의 외교권을 가져간 일본은 1909년에 청나라와 간도 협약을 맺었지요. 대륙 침략을 계획하던 일본이 만주에 철도를 건설하려면 청의 허락이 필요했기 때문이었어요. 그래서 만주 안봉선 철도 부설권을 얻는 조건으로 청에 간도를 넘겨주는 조약을 맺었는데, 이것이 간도 협약이에요.

간도는 우리에게 의미가 깊은 곳이에요. 예전부터 청과 영토 분쟁이 있었지만 우리 민족이 살아온 터전이었지요. 청은 백두산과 그 주변을 자신들의 땅이라고 주장했어요. 이 때문에 숙종은 1712년, 백두산에 백두산 정계비를 세워 조선과 청의 경계를 표시했지요.

그런데 우리나라가 일본의 지배를 받게 되면서 일부 사람들은 살기 위해 간도로 떠났어요. 쓸 수 없는 땅을 일구어 삶의 터전을 마련했지요. 그런데 청이 그 사람들을 몰아냈어요. 이 때문에 100년 만에 다시 간도 문제가 발생했어요. 이런 일이 생긴 것은 백두산 정계비에 적힌 글 중 '토문강'에 대한 해석이 서로 달랐기 때문이에요.

우리나라에서는 토문강이 송화강 상류이기 때문에 간도가 우리 영토라고 주장했어요. 그래서 간도에 관리를 보내 관리하게 했어요. 하지만 청은 토문강이 두만강이라고 주장했지요. 그러던 것이 일본에 의해 청에게 넘어가고 만 거예요.

엄밀히 따지면 을사조약이 무효이기 때문에 간도 협약 역시 무효가 돼요. 하지만 6·25 전쟁으로 남북이 갈라지면서 간도의 소유권을 주장하기가 힘들어졌어요. 때를 놓치고 만 거예요.

간도는 청에게 빼앗겼지만 그곳은 일제 강점기 내내 독립운동의 근거지였어요. 그리고 우리 조상들의 자랑스런 민족정신이 깃든 곳이랍니다.

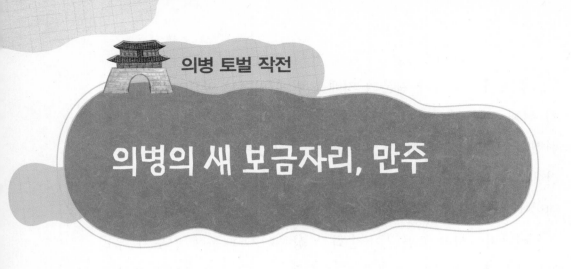

의병의 새 보금자리, 만주

"의병을 모조리 소탕한다! 씨를 말려 버려라!"

1909년, 일본은 의병을 토벌하겠다고 발표했어요. 의병은 나라에 위기가 있을 때마다 힘을 모아 진격했어요. 고종의 강제 퇴위와 군대 해산으로 정미 의병이 일어났을 때 일본은 적잖이 당황했어요. 기존의 의병과 달리 조직적이고 체계적이었기 때문이지요. 13도 창의군을 만들어 서울로 진격하는 의병을 보면서 일본은 의병을 모조리 없애야겠다고 결심했어요. 정미 의병은 실패했지만 소규모 의병이 곳곳에서 일어났어요.

의병을 처리할 생각에 골머리를 앓던 일본은 남한 대토벌 작전을 시행하기로 했어요. 가장 활발한 활동을 벌이고 있는 전라도 의병부터 처리하기로 했지요.

군인들은 마을을 수색했어요. 조금이라도 의심이 가면 모조리 죽였지요. 의병 토벌을 핑게로 백성들을 탄압하기도 했어요.

  남한 대토벌 작전을 통해 일본이 기대한 것은 대한 제국의 의병이 사라지는 것이었어요. 하지만 애국심으로 똘똘 뭉친 의병은 꺾이지 않았어요. 그들은 일본의 손아귀를 피해 만주로 이동했어요. 만주는 대한 제국에서 벗어났지만 그리 멀지 않은 곳이었기 때문에 독립운동을 하기에 매우 알맞은 장소였거든요. 이곳에서 의병들은 독립군을 길러 내 독립의 의지를 키워 갔답니다.

  결국 일본은 의병의 싹을 잘라 내지 못했어요. 의병은 독립군으로 이어져 만주에 부대를 만들고 독립 전쟁을 위한 준비를 하는 등 일본과 전투를 하며 자주독립을 위해 힘썼답니다.

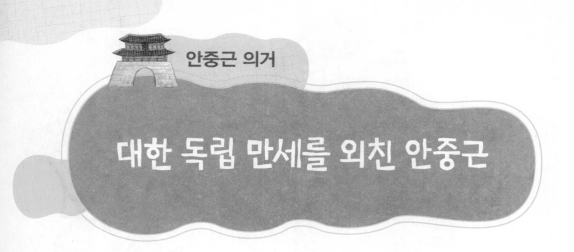

대한 독립 만세를 외친 안중근

1909년 3월, 안중근을 포함한 항일 투사 12명은 단지회를 결성했
어요. 그들은 자신의 왼손 네 번째 손가락 첫 마디를 잘랐어요. 쏟
아지는 붉은 피를 모아 태극기 앞면에 쓴 글자는 '대한 독립'이었어
요. 비밀 결사 조직이었던 이들의 목표는 조선 침략의 원흉인 이토
히로부미와 을사조약을 맺은 이완용을 없애는 것이었어요.

"이를 완수하기 위해 피로써 맹세한다."

그들은 손가락 한 마디를 잘라 독립의 의지를 다짐했어요.

1909년 9월, 안중근은 이토 히로부미가 만주에 온다는 소식을
들었어요. 조도선, 우덕순, 유동하 3명은 채가구 역에서, 안중근은
하얼빈 역에서 각각 기다리고 있다가 이토가 탄 특별 열차가 역에
도착하면 거사하기로 했지요. 10월 26일 새벽, 안중근은 일본인으
로 변장을 하고 하얼빈 역으로 향했어요. 역에는 러시아 군인들이
경계를 서고 있었어요. 9시가 되자 이토 히로부미가 탄 열차가 도착

했어요. 그는 러시아의 재무대신 코코프초프와 회담을 하고 밖으로 나왔어요.

이때 몸을 숨기고 있던 안중근이 앞으로 뛰쳐나오며 이토를 향해 권총 세 발을 쐈어요. 이토는 가슴을 움켜쥐며 쓰러졌어요. 그 뒤 안중근은 다른 일본인들을 향해 세 발을 더 쐈어요. 자신이 죽인 사람이 이토가 아니었을 경우에 대비해 이토로 보이는 사람들을 향해 총을 쏜 것이었어요.

"대한 독립 만세!"

독립을 부르짖으며 안중근은 곧바로 체포되었어요. 이토 히로부미는 죽었고, 일본은 안중근에게 사형 선고를 내렸어요. 1910년 3월 26일, 안중근은 여순 감옥에서 순국하고 말았어요.

안중근 의사의 위대한 희생 정신과 나라 사랑은 아직까지도 많은 이에게 감동을 주고 있어요. 그래서 그의 공을 기리기 위해, 나라에서는 1962년에 건국 훈장 대한민국장을 추서했답니다.

치욕의 역사, 경술국치

1910년 8월 29일은 우리 역사상 가장 치욕스러운 날이에요. 대한 제국이 일본에 나라를 빼앗긴 날이기 때문이에요.

1905년에 을사조약을 맺었던 일본은 통감부를 설치해 대한 제국을 간섭해 왔어요. 그들의 목적은 대한 제국의 주권을 빼앗고 식민지화하는 것이었어요. 일본은 순종을 황제로 즉위시키고 한일 신협약을 맺었어요. 그리고 일본인 차관을 임명해 정치에 간섭하기 시작했어요. 재정이 어렵다며 대한 제국의 군대를 해산시키고, 1909년에는 사법권을 빼앗았어요. 1910년에는 경찰권을 빼앗고 헌병 경찰제를 실시했어요. 그리고 같은 해 8월 29일, 강제로 한일 병합 조약을 맺었어요.

당시에 일본은 총리대신 이완용과 농공상대신 조중응을 불러 조약을 논의했어요. 그리고 순종 황제의 옥새를 빼내 조약을 맺은 거예요. 이로써 조선 왕조는 519년 만에 멸망하고 말았어요.

일본은 즉시 대한 제국의 국호를 없앴어요. 통감부를 대신해 식민 통치 최고 기구인 조선 총독부를 설치했어요. 초대 총독으로 데라우치를 임명하고 행정권과 입법권, 사법권, 군사권 등 식민지 통치에 관한 모든 권한을 주었어요. 총독부의 자문 기구로 만든 중추원에는 친일파들을 임명했어요. 한일 병합을 성사시킨 친일파들에게는 엄청난 보상이 주어졌답니다.

이후 일본은 무단 통치를 실시했어요. 우리 민족을 힘으로 누르고 식민 지배에 따르도록 만들었지요. 민족 운동을 탄압했고, 언론과 출판, 집회, 결사의 자유는 모두 빼앗겼어요. 우리나라 사람들의 정치 활동도 모두 금지되었지요. 교사와 관리들은 제복을 입고 칼을 차야 했어요. 이렇게 우리나라는 35년간 일본의 지배 아래 고통받으며 살아야 했답니다.

문화재로 알아보는
조선 후기의 서민 문화

민화 - 까치 호랑이

조선 후기 서민들은 자유분방한 그림을 많이 그렸어요. 정교하고 세련된 그림은 아니었지만 어느 누구에게도 구애받지 않고 자신들의 정서를 솔직하게 표현했지요. 이런 그림을 민화라고 해요.

민화의 주제는 다양했어요. 꽃과 곤충, 여러 동물을 화폭에 담았어요. 특히 호랑이와 까치는 서민들이 즐겨 그린 동물이었어요.

예부터 우리 조상들은 까치를 좋은 소식을 전해 주는 길조로 여겨 왔어요. 용맹을 상징하는 호랑이는 나쁜 것을 쫓아낸다고 믿었고요. 그래서 복을 빌고 나쁜 기운을 퇴치한다는 의미로 호랑이와 까치를 즐겨 그렸던 거예요. 이런 이유로 호랑이와 까치를 그린 민화는 매우 많아요. 거북과 학 등을 그려 장수를 기원한 민화도 있어요.

민화는 어려운 환경을 이겨 내려는 당시 서민들의 간절한 소망에서 비롯된 것이라 볼 수 있답니다.

판소리 - 〈심청가〉

조선 후기에 판소리가 서민들의 인기를 얻었던 이유는 신분 상승을 꿈꿨던 서민의 바람이나 사회 비판적 성격을 담고 있었기 때문이에요. 한 서린 소리꾼의 목소리는 서민들의 마음을 잘 대변해 주었답니다.

중요 무형 문화재 제5호인 판소리는 소리꾼 한 명이 북 치는 사람의 장단에 맞추어 창과 아니리, 발림을 섞어 가며 이야기하는 것이에요. 창은 소리, 아니리는 말, 발림은 몸짓을 뜻해요. 조선 중기 때 12개의 판소리를 정리했는데, 현재는 〈춘향가〉, 〈심청가〉, 〈흥부가〉, 〈적벽가〉, 〈수궁가〉의 다섯 마당만 전해지고 있어요.

그중 〈심청가〉는 효녀 심청의 이야기를 판소리로 짠 것이에요. 다른 판소리에 비해 슬픈 대목이 많아서 명창이라도 목이 좋지 않으면 부르기가 어렵다고 해요.

탈놀이 - 하회 별신굿 탈놀이

탈놀이는 탈을 쓰고 하는 우리 고유의 연극을 말해요. 종이나 바가지를 이용해 탈을 만드는데, 등장인물의 생김새를 우스꽝스럽거나 무섭게 표현해 만들었어요. 조선 후기에는 사회를 풍자하고 양반들을 비판하는 내용의 탈놀이가 서민들에게 인기가 많았지요.

그중 하회 별신굿 탈놀이는 마을 주민들의 안녕과 복을 빌기 위해 음력 정초마다 마을의 서낭신에게 제사를 지내던 것이에요. 신을 즐겁게 하기 위해 가면을 쓰고 연극을 했어요.

주로 양반에 대한 풍자, 계율을 깨트린 승려에 대한 내용으로 이루어져 있어요. 가면은 주지, 각시, 중, 양반, 선비, 초랭이, 이매, 부네, 백정, 할미 등 10종 11개가 현재까지 전해지고 있답니다. 그중 각시탈은 서낭신을 대신한다고 믿어 고사를 지낸 후에야 볼 수 있었어요.

춤이나 동작은 신이 시켜서 하게 된다고 믿었기 때문에 특별한 춤사위가 있는 것은 아니에요. 풍악이 울려 퍼지면 가락에 맞춰 즉흥적인 동작으로 율동을 하지요.

경상북도 안동시 풍천면 하회리에 전승되어 오는 탈놀이로 중요 무형 문화재 제69호에 지정되어 있답니다.

● 양반탈

양반탈은 양반과 선비 마당에서 쓰는 가면이에요. 탈의 곡선은 양반의 여유로움을 나타내요. 주름이 잡힌 실눈과 분리된 턱은 양반탈의 표정을 더 실감 나게 만들어 줘요. 양반탈을 쓴 사람은 흰색 도포를 입고 부채를 든 채 등장해요.

● 각시탈

각시탈은 마치 지금 막 시집온 새색시처럼 새초롬한 표정을 짓고 있지요. 입은 뚫리지 않았기 때문에 말을 할 수 없어요. 내리깐 눈과 콧구멍이 없는 코는 제대로 볼 수 없고, 제대로 숨도 쉴 수 없는 어려운 시집살이를 나타내고 있어요.

● 초랭이탈

초랭이는 양반의 하인이에요. 이마는 툭 튀어나와 있고 턱은 매우 뾰족해요. 그리고 코끝은 싹둑 잘려 있어요. 초랭이는 양반의 하인이지만 극중에서 양반의 행동을 조롱하고 풍자하는 역할을 해요. 그래서 말이 많고 행동도 날쌔요. 이런 초랭이의 성격을 담아 초랭이탈은 크기가 작아요.

● 이매탈

이매탈은 선비의 하인이 쓰는 가면이에요. 눈과 눈썹이 아래로 많이 처져 있고 코는 펑퍼짐한 모양이에요. 또 턱이 없고 코 밑은 찢어져 있어요. 웃는 모습은 순진하면서도 모자라 보여요. 이런 특징 때문에 이매탈은 바보탈이라고도 불려요.

연대표
조선(하)

1724년
영조 즉위

1725년
탕평책 실시

1746년
《속대전》 편찬

1868년
오페르트 도굴 사건

1871년
호포제 실시, 신미양요,
척화비 건립

1875년
운요호 사건
발생

1866년
병인양요,
제너럴셔먼호
사건

1905년
을사조약 체결

1907년
헤이그 만국 평화 회의에
특사 파견, 고종 강제 퇴위,
제27대 왕 순종 즉위

1908년
일본, 동양 척식
주식회사 설립

1865년
경복궁 중건
(1868년 완성)

1898년
독립 협회,
만민 공동회
개최

1864년
서원 철폐

1897년
대한 제국 초대 황제,
고종 즉위

1896년
아관 파천,
독립 협회 설립

1895년
을미사변으로 명성 왕후
단발령 시행, 을미 의병

1863년
고종 즉위

1862년
임술 농민
봉기

1861년
김정호,
〈대동여지도〉 완성

사람이 하늘

1860년
최제우, 동학 창시

1849년
철종 즉위

1750년
균역법 실시

1762년
사도 세자,
뒤주에 갇혀 죽음

1776년
정조 즉위,
규장각 설치

1780년
박지원, 《열하일기》
집필

1876년
강화도 조약
체결

1879년
지석영,
종두법 시행

1791년
금난전권 폐지

1882년
임오군란
발생

1794년
수원 화성 건설
(1796년 완성)

1909년
안중근,
이토 히로부미 사살

대한독립 만세!!!

1910년
경술국치

1883년
최초의 사립
학교인
원산 학사
설립

1800년
순조 즉위

1884년
갑신정변 발생

러시아!
때문에 그라~

1894년
동학 농민 운동, 청일 전쟁
발발, 갑오개혁 시행

1885년
거문도 사건 발생

1801년
신유박해

1846년
김대건 신부
순교

1834년
헌종 즉위

1811년
홍경래의 난

1804년
안동 김씨,
세도 정치
시작

사진 협조 기관 및 저작권

이 책에 사용된 사진의 저작권은 아래의 기관에 허가를 받았습니다.
사진 허가를 해 주신 기관에 감사드립니다.

p36. 목민심서 – 국립중앙박물관

p40. 화성의 서북공심돈과 화서문 – Wikimedia commons(bifyu)

p48. 공명첩 – 국립중앙박물관

p66. 씨름 – 국립중앙박물관

p85. 대동여지도 – 국립중앙박물관

p93. 도산서원 광명실 – Wikimedia commons(Steve46814)

p94. 상평통보 당백전 – 국립중앙박물관

p100. 절두산 척화비 – Wikimedia commons(Eggmoon)

p136. 독립신문 – 국립중앙박물관

p141. 대한제국 황제의 인장 – 국립중앙박물관

p145. 중명전 – Wikimedia commons(Lawinc82)

p170. 까치 호랑이 – 국립중앙박물관

p171. 판소리 – Wikimedia commons(Steve46814)

p172. 하회 별신굿 – Wikimedia commons(코리아넷)

p173. 양반탈, 각시탈, 초랭이탈, 이매탈 – 한국학중앙연구원